Aus dem
Amerikanischen von
Ursula Locke-Groß und
Michael Naumann

LEONARD
GARDNER

FAT
CITY

ROMAN

ROWOHLT

Die Originalausgabe erschien 1969 unter
dem Titel «Fat City» bei Farrar, Straus and Giroux.
Die deutsche Ausgabe folgt der
unveränderten Neuausgabe, erschienen 1986
bei Vintage Books, Random House, New York
Redaktion Thomas Überhoff
Umschlaggestaltung Barbara Hanke

Michael Naumann übersetzte Kapitel 1–6,
Ursula Locke-Groß Kapitel 7–24

1. Auflage September 1991

Satz Iridium (Linotronic 500)
Gesamtherstellung Clausen & Bosse, Leck
Printed in Germany
ISBN 3 498 02456 6

FAT CITY

1

Er lebte im Hotel Coma. Vielleicht hieß es so nach irgendeinem Stadtvater, nach einem kalifornischen Entdecker oder Pionier, vielleicht aber auch nur nach einem längst verstorbenen italienischen Einwanderer, der bloß das Hotel gebaut hatte. An wen es auch erinnerte, es war ein armseliges Denkmal, und Billy Tully dachte nicht daran, dort wohnen zu bleiben. Und so legte er seine saubere Wäsche immer wieder in den Koffer auf der Kommode, stets auf dem Sprung in feinere Quartiere. Vor anderthalb Jahren hatte ihn seine Frau verlassen, und seitdem hatte er in fünf Hotels gewohnt. Aus seinem Fenster sah er die klägliche Skyline von Stockton – 80 000 Einwohner, umgeben von den Kanälen, Flüssen und fruchtbaren Feldern des San Joaquin Deltas –, ein Blick auf Bürohäuser, Kirchtürme, Schornsteine, Wasser- und Gastanks und die Flachdächer der Bungalows unter kahlen Bäumen zwischen brettebenen Straßen. Unter seinem Fenster flanierten Männer auf dem Bürgersteig zwischen Bars und Schnapsläden, Cafés, Trödelläden und Absteigen. Asphaltfarbene Tauben pickten in den Gossen, flogen zwischen den Häusern dahin, paradierten über Brüstungen und gurrten auf Tullys Fenstersims. Sein Zimmer war hoch und schmal. Zwischen den Eisengittern am Kopfende seines Betts erinnerten Schmierflecken auf der Tapete an die Haarpomaden seiner Vormieter. Die Jalousie hing in Fetzen, die Birne brannte nur schwach, und seine Zimmernachbarn schienen alle lungenkrank zu sein.

Billy Tully arbeitete als Fritierer in einer Imbißstube an der Main Street. Durch das jugendliche Rosa seines Gesichts zogen sich erste Falten zu den Mundwinkeln hin. Sein Nasenrücken war eingedrückt. An den Außenrändern seiner Augenbrauen lag eine dünne Narbe über der anderen. Sein dichtes, rostfarbenes Haar war oben kurz geschnitten und an den Seiten lang nach hinten gekämmt. Er war untersetzt, mit mächtigem Brustkorb, kompakt, weder dick noch dünn, noch besonders muskulös, die Knochen schwer, das Fleisch mager. Nur sein starker Nacken verriet die Kräfte, die sich unter der Kleidung versteckten. Er war das Ergebnis jahrelangen Trainings; mit einem Kopfriemen hatte Billy zehn- und zwanzigpfündige Gewichte gehoben, einzig um die Wucht von Schlägen zu absorbieren.

Seit seine Frau ihn verlassen hatte, war Tully nicht mehr im Ring gewesen. Aber in der vergangenen Nacht hatte er im Ofis Inn einen Mann zusammengeschlagen. Sie hatten sich über irgendwas gestritten, und es war ihm ziemlich egal, was es gewesen sein mochte. Wichtiger war, daß er sich selbst wiederentdeckt hatte. Ein einziger Schlag, und der Mann hatte flachgelegen. Jetzt glaubte Tully seine Karriere zu früh aufgegeben zu haben. Er war immerhin erst neunundzwanzig.

Er stieg die Hoteltreppen hinunter, auf denen trotz des Gummi-Sicherheitsbelags fast jede Nacht jemand zu Fall kam, und ging zur YMCA-Turnhalle, um sich an den Punchingbällen zu testen. Der morgendliche Kater war überwunden, und von einem Gefühl des Neuanfangs beflügelt, marschierte er zielstrebig durch die kalten Straßen.

Im Umkleideraum im Souterrain hörte Tully den Lärm vom Schwimmbecken. Er zog sich aus. Während seines Wehrdienstes hatte er sich vier Tätowierungen zugelegt, die er jetzt abscheulich fand: Über die beiden Brustwarzen segelten zwei blaue Schwalben, um sein linkes Handgelenk wand sich eine grüne Schlange, und auf der Innenseite seines rechten Unterarms durchbohrte ein Dolch eine Rose. In blaßblauen Hosen und grauem T-Shirt ging er auf weichen Ledersohlen stumm den Geräuschen des Punchingballs entgegen, den irgend jemand am Ende des Korridors wie wild bearbeitete. Als Tully die Turnhalle betrat, blickte ein hochgewachsener, magerer und verschwitzter Junge kurz auf, versetzte dem Ball einen letzten Hieb und setzte sich auf eine Holzbank. Rings um ihn lagen lauter Hanteln auf dem rissigen Zementboden. Sonst war niemand in der Halle. Tully ließ die Fäuste fliegen, lockerte durch kreisende Kopfbewegungen das Genick, hockte sich hin und stand besorgt wieder auf, als er es in seinem Knie laut knacken hörte. Der Junge schwieg die ganze Zeit. Nachdem er sich am Ball heftig verausgabt hatte, saß er jetzt reglos auf der Bank und starrte die Wand an. So benimmt sich jemand, der nicht auffallen will, und darum forderte ihn Tully gemeinerweise zu einer Runde auf, obwohl er selbst nur zum Training am Punchingball gekommen war.

Der Junge stand schnell auf, ohne zu lächeln. «Bist du 'n Pro?»

Tully sah, daß er seine vernarbten Augenbrauen studierte. «Früher. Bin nicht mehr in Form. Wir gehen's leicht an, ich zeig dir ein paar Dinge, okay? Ich schlag nicht richtig hart zu.»

Mit mürrischer Miene verschwand der Junge, um die Handschuhe zu holen. Tully verschärfte sein Aufwärmtraining und atmete schwer, als der andere schließlich zurückkam. Wortlos zogen sie die Handschuhe an und stiegen in den Ring. Als Tully dem Jungen beide Fäuste zum Gruß entgegenstreckte, sprang der ängstlich zur Seite. Tully lächelte geduldig und setzte nach. Alles, was danach geschah, trieb ihn zur Verzweiflung, so schnell ging es: Schläge auf die Nase, Hiebe gegen Mund und Augen, der lange Körper, der ihm entkam und unglaublich fix durch den Ring glitt, während Tully zurückwich, in Dekkung ging, um endlich zu kontern. In einem Wutanfall sprang er vorwärts, holte aus wie ein Jahrmarktsschläger, und sein Bein knickte ein. Vor Schmerzen fauchend, hüpfte er durch den Ring.

Das war's. Er hatte einen Muskelkrampf im Unterschenkel, und während er sich mit verzerrtem Gesicht massierte, stieß er zwischen den Zähnen vor: «Wie heißt du überhaupt?»

Der Junge blieb in der entfernten Ringecke stehen. «Ernie Munger.»

«Wie viele Kämpfe?»

«Keinen.»

«Erzähl keinen Scheiß. Wie alt bist du?»

«Achtzehn.»

Vorsichtig machte Tully einen Schritt nach vorn. «Junge, du hast es drauf. Ich hab gegen Fermin Soto geboxt, ich weiß, von was ich rede. Also, mich hat keiner getroffen. Mich konnte einfach keiner treffen. Die hielten drauf, aber ich war schon weg. Du solltest richtig boxen.»

«Weiß nicht. Ich komm einfach nur hierher, um rumzumachen. Bißchen Training, mehr nicht.»

«Du vergeudest deine besten Jahre. Geh doch mal rüber ins Lido Gym und red mit meinem Manager.»

Unter der Dusche war Tully froh, daß er selbst das Lido Gym gemieden hatte. Neben ihm strömte das Wasser über Ernie Mungers Kopf. Der Junge hatte breite Schultern, seine Brust war flach und unbehaart, die Taille schmal, die Arme und Beine waren lang und dünn, und als Tully sein

Gesicht musterte, tat es ihm leid, daß er es nicht richtig getroffen hatte. Es war glatt und unreif, die Stirn hoch und breit, die Nase nicht zu übersehen. Im Umkleideraum schlang Tully sich das Handtuch um die Hüften, holte eine Flasche Thunderbird aus seiner Sporttasche, und weil er wußte, daß sich das im YMCA nicht gehörte, trat er hinter die metallene Spindtür, um Ernies Blick zu entgehen, und trank einen Schluck. Unter der Decke kämpfte ein Ventilator vergebens gegen die Gerüche von Schweiß, Seife und muffiger Sportkleidung an.

Tully humpelte die Treppen hoch und machte sich unter leisen Flüchen auf den Rückweg ins Hotel. Die Sonne versank über einem weiteren grauen Tag, und ihre Strahlen tauchten die Unterseite der glatten Wolkendecke über der aufgelassenen Werft in helles Violett. Zwei mächtige Kräne wuchsen schräg in den Himmel. Durch die Straßen wehten Blätter und Papier. In den Schwimmschuppen des Yachthafens schaukelten Boote. Weiter unten im Kanal lag ein einsamer Frachter bei einem Silo vertäut, fünfzig Meilen vom Meer entfernt.

Auf der Center Street war kaum jemand unterwegs. Im Harbor Inn waren die meisten Stühle unbesetzt. Vorsichtig kletterte Tully auf einen Barhocker und hielt sich an der Theke fest. Vor ihm hing ein Schild an der Wand:

BITTE NICHT AUF DEN
BODEN SPUCKEN
STEHN SIE LIEBER AUF
UND SPUCKEN SIE
IN DIE KLOSCHÜSSEL
Danke schön

Tully bestellte ein saures Eisbein und ein Glas Port. Als er eine zusätzliche Portion Schweinskruste aß, setzte sich ein Paar neben ihn, das er kannte. Der Mann, ein Schwarzer mit kahlen Schläfen, trug ein Menjoubärtchen und sah träge und niedergeschlagen aus. Die weiße Frau war fast so alt wie Tully, hatte auch eine gebrochene Nase, und dort, wo ihre Augenbrauen gewesen waren, bogen sich dünne schwarze Linien.

«Du gehst wohl nie nach Hause?» fragte sie ihn.

«Bin grade erst gekommen.»

Sie drehte sich zu ihrem Begleiter um. «Wo bleibt die Bedienung? Er sieht uns doch. Schau zu, daß du ihn herkriegst.»

«Nur die Ruhe. Der kommt schon.»

«Verdammtes feiges Arschloch, du hängst dich doch an jeden, der gegen mich ist.» Sie legte das Kinn auf beide Hände und starrte ins Leere. «Ich will einen Cream Sherry.» Dann sprach sie wieder Tully an. «Earl und ich sind ein Traumpaar. Ich liebe diesen Mann mehr, als man irgendeinen Mann lieben darf. Ohne ihn könnt ich gar nicht existieren. Wenn er mich je verläßt, bin ich verloren. Aber glaub ja nicht, daß er auch nur die Stimme erhebt, um mir einen Drink zu besorgen. Nix. Er sitzt da und läßt mich hängen.»

«Da kommt er», sagte Earl.

«Aber nicht deinetwegen.»

Tully bewegte sein Bein, zuckte zusammen und ächzte leise. Die Frau schaute ihn an.

«Pferdekuß», sagte er. Als sie nicht nachfragte, begann er ihr zu erzählen, was ihm zugestoßen war, als er sich wieder in Form bringen wollte.

«Earl?» fragte sie über ihre Schulter hinweg.

«Häh?»

«Der Junge hier ist Boxer.»

«Ach ja?»

«Herrgott, warum sag ich das überhaupt? Was weißt du denn schon vom Boxen?»

«Nicht viel.»

«Eben, sag ich doch. Warum hab ich nur den Mund aufgemacht? 'tschuldigung, tut mir leid. Also, was willst du? Ich hab mich entschuldigt, was soll ich denn noch tun?»

Earl starrte den Spiegel an, und eine Reihe müder Gesichter starrte zurück. «Ich hör dich ja, Baby.»

«Aber du benimmst dich nicht so», sagte sie. Seufzend hob sie ihr Glas. «Manchmal frag ich mich wirklich, was ich an ihm finde. Im Grunde sind sie ein mißtrauisches Volk. Wenn du wüßtest, was ich alles für diesen Mann tue, aber ihm ist das völlig schnurz. Wenn du nicht so schwarz bist wie er, dann bist du für ihn nur ein Haufen Scheiße. Es geht ihm schon gegen den Strich, wenn ich mit dir rede. Aber mit irgend jemand muß ich doch reden.»

«Dieser Junge könnte eines Tages 'ne Menge Geld machen», fuhr Tully fort. «Er ist ein Naturtalent.»

Earl beugte sich mit gleichgültigem Gesicht vor die Frau und sagte: «Wie heißt er?»

«Du würdest ihn nicht kennen.»

«Ich frag ja nur.»

«Erst alles wissen wollen. Dann wird er mundfaul. Er ist sauer. Stumm wie ein Fisch. Ich hätt das gern gehört.»

«Es ist nicht mehr dazu zu sagen. Ein Naturtalent, mehr nicht. Davon gibt's einen alle hundert Jahre.» Und weil er sich gut fühlte, bestellte er noch einen Drink.

«Er ist so ein verdammter Griesgram. Ich unterhalte mich, schon schnappt er ein. Warum soll ich mich nicht auch mal ein bißchen amüsieren? Laß ihn, ist mir scheißegal. Seine Sache. Jeder hat sein Recht auf ein eigenes Leben. Sollen sie sich doch ins eigene Knie ficken.» Sie setzte sich auf und wurde lauter. «Gestatten Sie mir ein paar Worte. Ich möchte einen Trinkspruch auf diesen Gentleman hier anbringen. Ich werde mich kurz fassen, nur ein paar Worte. Auf Ihre Gesundheit. Möge Gott Sie segnen auf allen Ihren Wegen.»

Niemand blickte auf, als sie ihr Glas erhob. Mit weit aufgerissenen, dunklen Augen starrte sie Tully an, bis er schließlich, beschämt und aus plötzlicher erotischer Neugier, ebenfalls sein Glas erhob.

«Oma?»

«Was ist?»

«Nichts.»

Sie fuhr herum. «Jesus Maria, was willst du eigentlich? Kann ich mich nicht mal in Ruhe unterhalten?»

«Niemand hindert dich.»

«Na klar. Du sitzt nur da mit deinem Biersack-Gesicht und sagst nichts, bis ich anfange, mich zu amüsieren. Ich hab die Schnauze voll von deinen Launen. Bin ich dran schuld, daß du mit niemand klarkommst? Warum kehrst du nicht vor deiner eigenen Tür. Und das gilt auch für deinesgleichen. Keiner von euch ist auch nur einen Furz im Tornado wert. Zur Hölle.» Sie rutschte von ihrem Hocker herunter und ging nach hinten.

Unsicher betrachtete Tully die Zigarettenbrandstellen auf der Theke. Neben seiner rechten Hand stand plötzlich noch ein Glas Port. «Danke.»

«Geht in Ordnung», sagte Earl. «Ich bin nur der, der ich bin. Du kannst vielleicht boxen, ich bin Sattler.»

«So geht's im Leben.»

«Einer hat Muskeln, der andere Ausdauer. Alles dasselbe.»

Stumm tranken sie weiter. Als die Frau zurückkam,

stand Tully auf und ging. Er überquerte die dunkle Straße zu seinem Hotel und humpelte die Treppen hoch. Als er im trüben Licht auf dem Bett lag und das Husten von der anderen Seite des Korridors hörte, wußte er, daß er Ernie Mungers Talente übertrieben hatte, weil er weiter an seinen eigenen Körper glauben wollte. Dabei hatte er seine Reflexe verloren – das war alles –, und er fühlte sich, als sei er mit seinem Leben am Ende. Irgendwann einmal hatte er fest daran geglaubt, daß er in den fünfziger Jahren berühmt werden würde. Jetzt waren sie beinahe schon vorüber, und er fühlte sich ausgebrannt. Er drehte sich auf die Seite. Auf dem durchgetretenen Linoleum lagen zwei Zeitschriften, *True Confessions* und *Modern Screen*. Früher hätten die Geschichten ihn nicht interessiert, aber inzwischen spiegelten die Episoden von Verführung und Betrug, von Ehebruch, Scheidung und Filmstar-Einsamkeit die trostlose Tristesse seiner eigenen Liebe wider.

Tully hatte seine Frau im Newby's Drive-Inn kennengelernt, einem geduckten, weißgestrichenen Gebäude mit schwarzen Punkten, das in der Mitte eines weiten, asphaltierten Parkplatzes lag, umsäumt von Maulbeerbäumen. Obwohl die Maulbeeren Flecken auf seinem gelben Buick-Cabrio hinterließen, war er jeden Abend zurückgekehrt, um die Frau zu sehen. Sie bediente in weißer Bluse und engen schwarzen Hosen die Drive-Inn-Kunden in ihren Wagen und bot einen spektakulären Anblick. Tully konnte sie sich nicht aus dem Kopf schlagen. Er gewann seine Kämpfe, zog sich teuer an und wußte, daß er sie besitzen mußte, und er war ein stolzer Ehemann, vor allem, wenn sie ihn abends zu den Boxkämpfen begleitete, jedenfalls an den Abenden, an denen er nicht im Ring stand. Auf den Rängen pfiffen und johlten die Leute, wenn sie an seinem Arm die Arena betrat, im knappen Häkelkleid aus weicher

Jerseywolle, weiß oder orange, oder im tiefausgeschnittenen Sommerkleid, das von winzigen Trägern gehalten wurde, auf hochhackigen Schuhen, das kastanienbraune Haar aufgetürmt. Tully trug ihren Mantel, der Lärm überraschte ihn nicht. Es war die schönste Zeit seines Lebens, nur wußte er es damals noch nicht. Sie verflog, ohne daß ihm Zeit zum Nachdenken blieb, und war vorüber, als er noch glaubte, alles würde besser werden. Er hatte nicht bemerkt, daß ihm nie mehr als Mittelmaß und lokale Berühmtheit vergönnt sein würden. Auch sein Manager gab sich Illusionen hin, als er Tully Gegner von nationalem Rang vor die Fäuste führte. Die Wahrheit wurde ihm in einem halben Dutzend Kämpfen eingebleut; Tully schlug Luftlöcher und stolperte mit zugeschwollenen Augen durch den Ring. Das waren die Momente, da er hilfesuchend nach seiner Frau blinzelte, als würde sie ihn verstehen, ihn und die Schmerzen und Opfer, die er doch ihretwegen auf sich nahm. Verstand sie denn nicht die Rituale der Männlichkeit? Er wartete und trank. Nach sechs Monaten boxte er noch einmal und verlor durch K.o. gegen einen völlig unbekannten Gegner. Damals wünschte er sich, irgend jemand könnte ihm noch einmal das Glück und die Leichtigkeit der jungen Ehe schenken, doch dieses Gefühl war verflogen, und er wußte, daß er einen Fehler beging, als er es suchte. So hatte er sie verloren – auf der Suche nach dem Gefühl. Ohne sie kam er nicht aus dem Bett. Er verlor auch seinen Job in der Kartonfabrik und fand einen anderen als Lastwagenfahrer. Dann verlor er auch den – der Laster landete nebst hundert Aprikosenkisten im Straßengraben – und schließlich sein Auto. Hin und wieder nahm er eine Frau mit ins Hotelzimmer. Keine konnte seine eigene Frau ersetzen, darum verachtete er sie alle.

Seitdem er ominöse Formulare erhalten hatte, die ihn als Angeklagten bezeichneten, als wären seine ehelichen Unzulänglichkeiten kriminell gewesen, hatte Tully nur noch einmal von seiner Frau gehört, und zwar über ihren Bruder Buck, den er nächtens, eingerahmt von zwei Feldjägern, auf der El Dorado Street getroffen hatte. Angeblich war der Obermaat der US-Navy spazierengegangen, ohne die dreizehn Knöpfe seines Hosenstalls zugeknöpft zu haben. Tully war hinzugetreten und hatte gefragt, was mit Lynn los sei. Die Feldjäger wollten ihn wegscheuchen, eine Diskussion folgte, und Buck sagte halb widerspenstig, halb unterwürfig, sie habe einen Barkeeper in Reno geheiratet. Tully war wie vor den Kopf geschlagen, er konnte es nicht fassen. Und in melancholischen Nächten wie dieser, wenn er dachte, sein Leben sei nur durch eine Versöhnung mit ihr zu retten, glaubte er fest daran, daß sie niemand anderen als ihn lieben könne.

Vor der Tür quietschten Schuhsohlen. Über alte Fehler und Ungewißheiten sinnierend, starrte Tully auf die Zeitschriften. Schließlich zog er *Modern Screen* hoch und lehnte sich gegen das Bettgerüst. Auf dem Umschlag der Zeitschrift lächelte ein Starlet im Badeanzug; zwei Bleistiftpunkte zierten die Brüste, und eine gekritzelte Spalte markierte den Schoß. Auf der anderen Korridorseite hörte das Husten nicht auf. Es wurde Zeit, das Hotel zu wechseln.

2 Das Lido Gym war ein ausgebauter Kellerraum in einem dreistöckigen Backsteinhotel mit maurischen Arkaden, Säulen und bunten, glasierten Kacheln. Hinter dem Hotel standen ein paar Autos, eines aufgebockt und ohne Räder, zwischen Brennesseln und Wiesenhafer. Eine Gruppe alter Männer spielte in einer offenen, langen Hütte aus brüchigen Brettern und Wellblech Boccia; sie trugen Hüte und stritten sich auf italienisch. Ernie Munger ging die verdreckte Betontreppe hinab, in der Hand eine große Papiertüte. Unter unverputzten Querbalken, Elektrokabeln, Wasser- und Abflußrohren tänzelte ein trainierender Schwarzer durch den neonhellen Ring. Drei Männer in Straßenkleidung wandten sich gleichzeitig zur Tür um: einer war glatzköpfig, ein anderer hatte tief zerfurchte Wangen, und der dritte trug eine Art Jägerhut mit hochgeklappter Krempe. Der mit den zerfurchten Wangen sprach Ernie zuerst an.

«Suchst 'n Kampf, Junge?»

«Sind Sie Ruben Luna?»

«Nee, Gil Solis. Was wiegst du? Tolle Reichweite. Brauchst 'n Trainer?»

Der Mann mit dem Hut hatte sich zu ihnen gesellt. Er war Mexikaner wie Solis, etwa vierzig, sein Gesicht war prall und locker zugleich, seine Haut glatt, sein breites Lächeln schien echt und angeboren. «Ich heiße Luna. Was willst du?»

«Tja, ich dachte, ich trainiere so ein bißchen, mal sehen,

was Sie von mir halten. Billy Tully hat mir gesagt, ich sollte mal vorbeikommen.»

«Du kennst Tully?»

«Ich hab vor ein paar Tagen im Y mit ihm geboxt.»

«Bringt er sich in Form? Und wie hast du dich geschlagen? Gut? Also, du hast es überlebt, was?»

Der Glatzkopf näherte sich, flüsterte heiser, und Luna legte Ernie die Hand auf die Schulter und führte ihn zur Seite. «Hast du dein Zeug dabei? Ich werd dir schon helfen.» Im Duschraum war ein Abfluß verstopft, und so durchquerten sie ihn auf den Hacken. Als sie einen engen, fensterlosen Raum mit Backsteinmauern betraten, der nach Körpern, Turnzeug und Schimmel roch, schauten einige halbnackte Schwarze und Mexikaner kurz auf, ehe sie sich weiter unterhielten.

«Such dir einen leeren Spind», sagte Luna. «Und vergiß das Vorhängeschloß nicht beim nächstenmal. Eins mit Kombinationsziffern. Die sind schwer zu knacken. Zieh deine Klamotten an, ich warte in der Halle.»

Ernie zog seine Tankwart-Uniform aus: Lederjacke, ölfleckige Khakihosen und ein Hemd. In Tennisschuhen und Badehose betrat er die Halle, und Ruben Luna schickte ihn in den Ring. Andere Schattenboxer tänzelten vorsichtig um ihn herum, alle darauf bedacht, einander nicht zu nahe zu kommen, und jeder ihrer Schläge war von einem lauten Schnüffler begleitet. Ernie konzentrierte sich befangen aufs Aufwärmen.

«Wie wär's mit einer Runde?» fragte Luna, nachdem er ihn in eine Ecke gerufen hatte. «Ich setz dich nicht unter Druck, ich will bloß mal sehen, was du drauf hast.»

«Mit wem?»

«Auch ein Anfänger. Box einfach wie gegen Tully. Der farbige Bursche da drüben.»

Vor einem langen Spiegel stand ein Junge in Schwimmshorts mit Hawaii-Mustern und weißen Boxerschuhen aus Leder, das krause rötliche Haar mit Pomade geglättet, und schlug Haken in die Luft.

Ernie schaute auf die hohen weißen Boxschuhe und schob seine Hände in die schweren Trainingsfäustlinge, die ihm Ruben hinhielt. Dann stieg er in den ledernen Tiefschutz. Gleichzeitig wurde ihm ein Lederhelm bis auf die Brauen gezogen. Geschnürt und gepanzert, sein Gesicht voller Vaseline, zwischen den Zähnen einen Gummi-Mundschutz, sah er zwei gedrungenen Männern zu, die sich im Ring schubsten und schlugen. Dann folgte er den schwarzen Beinen seines Gegners auf der Treppe in den Ring. Zwei Runden lang schlug er zu, sprang herum und kassierte Treffer, während der Lederhelm über seine Augen rutschte und der Tiefschutz zwischen seine Beine sackte. Danach lehnte sich Ruben Luna über die Seile und beschimpfte Gil Solis wegen der Lederhelm-Schnalle.

Nachdem man ihm die Handschuhe ausgezogen hatte, stand Ernie schweratmend in der Halle und nickte, während sich Ruben mit vorgerecktem Bauch und hochgeknickter Hutkrempe vor ihn stellte und mit seinen kleinen Händen und Füßen ebenso flink wie anmutig die korrekten Bewegungen vorführte. «Du hast eine gute Linke. Ausfall nach vorn mit der Geraden. Körper dahinter. Bing! Kapiert? Du triffst ihn mit einem Jab, sein Kopf geht zurück, und du machst einen Schritt nach vorn, kapiert? Triffst ihn noch mal mit 'ner Rechten. Bing! Kapiert? Jab und antäuschen, dann weiß er nicht, was kommt. Täuschen. Bis er offen ist und dann nach vorn! Bing, bing, whopp! Kapiert?»

In dem überschwemmten Duschraum sprach ein kleiner Mexikaner, der reglos unter der zweiten Dusche stand, Ernie an. «Wie sind die Weiber hier?»

«Schlecht. Wo kommst du her?»

«L. A.»

«Wie sind die Weiber dort?»

«Gut.»

Es gab keine Seife. Die beiden duckten sich unter das zischende Duschwasser.

«Sind die Jungs hier zäh?»

«Nicht sonderlich. Und da unten?»

«Zäh.»

«Bist du neu hier?»

«Ja, war in 'ner Bar gestern, da is so 'n Kerl, der nennt jeden Hurensohn oder so. Also, ich geh raus und wart auf ihn. Kommt er raus, und ich frag, ob er mich meint. Sagt er ja. Ich nagel ihm eine. Bin ja neu hier. Was für 'n Empfang. Also, irgendwie wartet jeder Scheißhaufen auf mich persönlich.»

Dann begann er zu singen, wiederholte ein und dieselbe Schlagerphrase, und seine Stimme stieg von tiefen Baß-Seufzern bis zu jaulendem Falsett-Gebell auf. *Earth Angel, Earth Angel, will you be mine?* Vor den Spinden, beim Ankleiden, sang er weiter und versuchte sich zwischendurch an einer Improvisation: *Baby, baaaby, baaaaby, uh baby, uuh, oh yeauh, BAAAAAAABY, I WANT you,* während nackte Gestalten duschten und wiederkamen und Dampf durch die Tür schwoll. Ernie zog sich die Hosen hoch; er spürte die blauen Flecken und war müde und glücklich, denn er fühlte, daß er in die Gemeinschaft der Männer aufgenommen worden war.

3 Die Blutergüsse rings um Ernies Augen wechselten von Purpur zu Grüngelb, ehe andere sie überdeckten. Seine Wimpern wuchsen aus entzündeten Lidern, rote Schwellungen markierten den Rand der zu Schlitzen geschlossenen Augen, und seine Nase war dick geworden. Doch Ruben Luna, der das Sparring vom Ringrand aus beobachtete, wußte, daß dies alles mit Boxen wenig zu tun hatte.

«Schlag zu. Keine Entschuldigung», schrie er, und Ernie nickte, wandte ihm den Kopf zu, um besser zu hören, und wurde getroffen. Er wählte die klassische Grundhaltung, kreiste um den Gegner, täuschte an, wich zurück, wenn der andere ihn bedrohte, um plötzlich völlig grundlos mit wilden Schwingern nach vorn zu springen, als hätte er nicht auf eine Schwäche des Gegners gewartet, sondern auf eine Inspiration. Tagaus, tagein schlug ihm entweder ein Amateur oder aber einer der beiden Berufsboxer seiner Gewichtsklasse die Nase blutig.

Ruben glaubte fest daran, daß in jeder talentierten Bewegung die Möglichkeit ihrer Perfektion aufschien. Er schaute geduldig zu und stand mit Handtuch und Wasserflasche bereit. Er preßte sich den bockenden Sandsack gegen die Brust, legte die Wange ans Leder und dirigierte Ernie, dessen Fäuste nur Zentimeter neben seinem Gesicht einschlugen. Nach jedem Training faltete er das Handtuch zu einem Polster, das er auf den Zementboden legte, und während Ernie auf dem Kissen kopfstand und seinen langen Hals nach links und rechts bog, stand Ruben über ihm, hielt seine Fußgelenke und blickte mit dem verlorenen Ausdruck eines Mannes, dessen rechtschaffenes Tagewerk sich dem Ende zuneigt, zwischen dem V von Ernies Beinen hindurch in die Turnhalle.

Er ging nach Hause zu seiner Familie. Taub gegen den Streit und das unsinnige Gebrabbel seiner Kinder und das Geschimpfe seiner Frau aß er sein Abendbrot. Er legte sich früh ins Bett, stand früh wieder auf, fuhr zum Gewerkschaftshaus, wartete mit den anderen Arbeitern im kalten Morgenlicht auf die Aufgabenverteilung und verbrachte den Rest des Tages damit, einen Gabelstapler durch den Hafen zu fahren. Mittags kaufte er Kaffee und Törtchen bei einer jungen Frau mit Gabardinehosen, die täglich in einem Imbißwagen kam. Nach Feierabend fuhr er quer durch die Stadt zur Turnhalle, doch ehe er bei seinen Boxern eintraf, ließ er sich von einer großen blonden Kellnerin in einem Coffee-Shop auf der anderen Straßenseite noch ein Stück Kuchen vorsetzen.

«Kann sein, daß aus meinem weißen Jungen was wird», sagte er zu seiner Frau.

«Gut.» Ihre Hüften unter dem durchsichtigen pfirsichfarbenen Nachthemd waren breit und ihre Beine dick und kurz. Sie beugte sich vor, um die weiße Satinbettdecke zurückzuschlagen, seufzte müde, wälzte sich aufs Bett und zog sich unter das Laken zurück. Dann lehnte sie sich gegen das gepolsterte Kopfende und begann ihr Gesicht einzucremen. Ihr brauner Hals war füllig, das Kinn weich. Ihre wulstigen, breiten, wilden Lippen, die ihn einst erregt hatten, endeten in den Mundwinkeln, dort, wo einst Grübchen lagen, hinter fetten, runzligen Wangen.

«Er hat 'ne gute Reichweite und ist beweglich. Und er ist weiß, weißt du? Ein richtig sauberer, hübscher Bursche.

Irgendwann könnte er die Hallen füllen, wenn er nur kämpfen würde. Vielleicht lernt er's ja noch, wenn er nur anfangen würde, zuzuhören. Wenn ich alles, was ich weiß, in sein Gehirn packen könnte, würde er's vielleicht schaffen. Aber ich hab's ja auch nicht an einem Tag gefressen.»

Nachdem seine Frau ihre Nachtcreme beiseite gelegt, sich auf die Seite gedreht und die Decken hochgezogen hatte, begann Ruben sich auszuziehen. Eine Nachttischlampe, deren Stoffschirm in Zellophan steckte, war die einzige Zimmerbeleuchtung. Auf der Kommode standen ein paar gerahmte Familienfotos, einige nur in Papprahmen, neben kleinen Schachteln, Porzellanfiguren und einer Reihe bronzener Reitpferde auf Häkeldeckchen. Heiter lächelnd blickte Jesus aus einem verschnörkelten Messingrahmen an der Wand auf den Hinterhof; das ewige elektrische Lämpchen über dem Bild funktionierte nicht mehr.

Ruben schlüpfte in gelben, unter den Achseln geplatzten und im Schritt zu engen Pyjamas ins Bett. «Ich habe nichts gegen Farbige», sagte er ins Dunkel hinein. «Buford Wills ist ein prima kleiner Neger, aber es gibt einfach zu viele davon. Die Anglos zahlen nicht, um zwei Schwarze boxen zu sehen. Die wollen 'nen Weißen. Wie Tully. Der war ein guter Kassenmagnet. Und hätte er 'nen besseren Punch gehabt, dann hätte er sich ganz nach oben geboxt. Härter austeilen, besser einstecken. So viel Talent. Ein bißchen Pech, und er steckt auf. Schätze, daß er unten im Y trainiert, sonst hätte er den Jungen nicht entdeckt. Ausgebrannt ist er noch nicht. Und der Junge muß es ihm gezeigt haben, könnte was werden. Groß für 'n Weltergewicht. Seine Reichweite müßtest du mal sehen. Wenn er 'n bißchen zunähme, könnte er 'n hübscher weißer Schwergewichtler werden. Was?» Ruben verstummte. «Victoria?»

Da sie nicht antwortete, sank seine Stimmung. Hatte er nicht einfach dummes Zeug geredet? In seiner Ohnmacht verspürte er den alten Drang zuzuschlagen, angespornt von der Kraft, die immer noch in seinem Rücken und in seinen Schultern steckte. Er wollte schlafen, doch in seinem Kopf sagte eine Stimme: Ich kann nicht schlafen, ich kann nicht. Also warf er sich auf die Seite und spürte den Körper seiner Frau, der sich ihm entgegenbog, so vertraut wie sein eigener. Er tätschelte sie. «Sweetheart, bist du wach?»

«Hm?»

«Ich hab mit dir geredet. Bist du eingeschlafen?»

«Was ist los?»

«Nichts», sagte er und streichelte ihre Hüften, als ob er sie um Entschuldigung bitten wollte. «Ich kann nicht schlafen.»

«Wir sollten nicht», murmelte sie.

Er sagte nichts, seine Hand blieb liegen.

«Willst du?» flüsterte sie. «Wir müßten aber aufpassen.»

«Ich weiß, ich weiß.»

«Wenn du willst, könnten wir, mir wär's egal.»

«Nein, nein, nein. Ist mir egal. Ich versteh schon. Darum geht's nicht. Ich bin einfach nervös.»

Sie lagen still. Rubens Gedanken wanderten zu der Frau im Imbißwagen. Sie hatte ihm erzählt, daß sie geschieden sei und zwei Kinder habe – eine angenehme junge Frau, deren Freundlichkeit er genauso genoß wie ihren Anblick in den knappen Gabardinehosen. Aber ihre beiden Kinder standen als Hindernis vor ihm, und so dachte er an die hochgewachsene Kellnerin im Coffee-Shop gegenüber der Turnhalle. Sie gab sich zurückhaltend und sah irgendwie verdrossen aus. Ruben hatte über seine Bestellungen hinaus noch nie ein Wort mit ihr gewechselt. Er hatte sie hinter ihrem Tresen beobachtet und sich irgendwann einmal vorgelehnt, um ein bißchen mehr zu sehen. Das war alles. Aber nun stand sie ihm quicklebendig vor Augen. Er führte seine Hand über den Körper seiner Frau, und ihre leibliche Masse, ja, ihre eigentliche Gegenwart war seltsam und überraschend. Die eheliche Zuneigung und Gemeinsamkeit, die ihn sonst begütigte und beruhigte, verflog, und er war erregt. Vor lauter Konzentration legte sich seine Stirn in Falten, als er versuchte, die blassen, harten Brustwarzen seiner Phantasie von den welken Knubbeln zu unterscheiden, an denen seine Kinder gesaugt hatten.

«Paßt du auf?» flüsterte sie, und das Gefühl der Gefahr machte ihn wütend und geil zugleich. «Willst du wirklich?»

Er wußte es schon nicht mehr; er wollte nur, daß sie ruhig blieb, daß ihr massiger Körper die Bilder in seinem Kopf belebte. Schweigend sprach er sie mit einem Namen an, der nicht ihrer war, und arbeitete sich in ein Reich ohne menschliche Gesichter vor.

4

Wie endlose Dämmerungen verflossen die Tage im Haus unter den schwarzen Walnußbäumen; kaum daß die Sonne einmal durch die wild wuchernden Hecken vor den Fenstern drang. Vor dem flachen weißen Holzhaus hing das verrottete Dach der Veranda an zwei Ketten, die unter dem Hauptdach verankert waren, das sie im Lauf der Jahre dermaßen heruntergezogen hatten, daß schließlich Dach, Ketten und Veranda durch nichts anderes vor dem Ruin bewahrt schienen als durch die Teerpappe auf den rissigen Holzbrettern. An anderen Ketten hingen drinnen Lampen, ohne je die Düsternis aus den Zimmern vertreiben zu können. Ernie Munger schlief in einem Hinterzimmer bis in den späten Morgen. Er regte sich nur kurz, wenn ein Wasserrohr pladderte, sank in den Schlaf zurück, öffnete die Augen, wenn eine Pfanne schepperte, frühstückte im Traum und wachte schließlich endgültig um die Mittagszeit auf. Dann lag er müde auf dem Bauch und dachte an junge geschiedene Frauen und an ein Mädchen in einem Haus in Isleton, einer Landarbeitersiedlung, in die er eines Nachts mit Gene Simms und einigen Bekannten gefahren war. Die kurze Hauptstraße lag hinter dem Deich des Sacramento River. Es war mitten in der Erntezeit, und während er und seine Freunde zusammen mit ausdruckslosen Filipinos, die krümelige Toscana-Zigarren rauchten, vor einem Zimmer warteten, hörte er aus dem Flur Schritte und spanische Sprachfetzen. Zwei Stunden lang hatten sie ausgeharrt, bis sie schließlich die Geduld verloren. Doch ehe sie dann mit 110 Meilen in der Stunde durch die Deltafelder nach Hause rasten, war die Tür zu dem Zimmer aufgegangen, und Ernie hatte ein Mädchen von überraschender Schönheit gesehen. Sie war blond und trug ein rosa Kleid, und mehrere Wochen lang hatte er an sie gedacht, ehe er noch einmal allein hingefahren war. Er wartete in einem anderen überfüllten Zimmer darauf, daß sie frei wurde; bald, dachte er, würde er die Wahrheit erfahren, während er vor Erwartung bereits müde wurde. Als er schließlich mit ihr nach oben ging, traf er auf eine Frau mit einer Bettpfanne. Sie war weiß gekleidet wie eine Krankenschwester, und während das Mädchen weiterging, erklärte ihm die Frau, was von ihm erwartet wurde. Er sträubte sich, doch kaum hatte sie ihn berührt, schnürte ihm das wild pochende Herz den Atem ab. Die lysolfeuchten Hände wuschen ihn, und er versuchte, dem aufquellenden Druck zu widerstehen, seine Leidenschaft zu retten für das Mädchen im Zimmer, aber er blieb stehen, ein Verlorener, während die betretene Hygieneschwester in den Flur rief: «Hier hat es ein kleines Malheur gegeben.» Er war nicht zurückgekehrt. Neuerdings war er Faye Murdock treu, einem Mädchen, dessen störrisches Wesen ihm den Weg in derartige morgendliche Träumereien versaute.

Er frühstückte allein – weiche Eier, Roggentoast, Apfelsinen und Milch. Bis dahin hatte sein Vater, ein Reifenvulkanisierer, den halben Arbeitstag bereits hinter sich, Mittagessen inbegriffen. Wenn er dann nach Hause kam, war Ernie bereits in der Turnhalle. Von dort aus ging er zur Tankstelle, wo er bis zwei Uhr früh arbeitete. Seinen Vater sah er kaum noch, und obwohl seine Mutter den ganzen Tag zu Hause war, hatte Ernie kaum noch etwas mit ihr zu tun. Sie war klein, durch die Fülle des Fleisches behindert, fünfzig Jahre Schwerkraft, Pfannkuchen und Torten hatten sie gleichzeitig aufgeschwemmt und herabgezogen, und in ihrem Gesicht malte sich die fast immerwährende Erwartung zukünftiger Fehler und Katastrophen ab. Früher war er ihrer besorgten Neugier mit frechen Sprüchen entgegengetreten, doch inzwischen ging er ihr, indem er wegschaute, die Schultern hochzog und ein völlig unbewegtes Gesicht machte, aus dem Weg. Nach seinem ersten Trainingsabend im Lido Gym hatte er aus der Kosmetikwüste auf ihrem Nachttisch eine Flasche mit flüssigem Make-up genommen, um die blauen Flecken zu übertünchen, ganz so, wie er und seine Schwester, die vor kurzem ohne Vorankündigung geheiratet hatte, beizeiten gelernt hatten, ihr Privatleben zu verbergen. Mit den Jahren wurde ihm klar, daß wohl nicht so sehr sein Vater, sondern er selbst es war, dem seine Mutter die Schuld für ein Leben gab, das ihm für eine Mutter ganz normal zu verlaufen schien. «Warum gehst du nicht, wenn's dir nicht paßt?» hatte er eines Tages auf ihre Klage über das Haus, seinen Vater, seine Schwester, ihn selbst und die ganze Stadt erwidert. Ihr verletzter Blick hatte ihn sofort bekümmert, aber auch mit Bedauern über die Rücksichtslosigkeit des Lebens erfüllt.

Er nahm sich eine Wasserschale und eine Tüte Salz und ging ins Badezimmer. Dort rührte er sich eine Lösung zusammen, die er dann durch die Nase hochzog, eine von Ruben Luna empfohlene Prozedur, um die Nasenschleimhäute abzuhärten. Das warme Salzwasser tröpfelte die Gurgel hinab. Er verschluckte sich, spuckte ins Waschbekken, nieste und bespritzte so sein Gesicht im Spiegel mit blutroten Tröpfchen. Dann zog er ganze Salzhäufchen ein, hielt sich die Nase zu und betupfte die blauen Flecken um die Augen mit der Lösung, worauf ihm das Make-up über die Finger rann, als hätten sich die Pigmente seiner Haut aufgelöst. Ernie schüttete noch mehr Salz aus der Tüte in seine Hand und schmierte es auf Lider und Lippen. Als er seine empörte Nase freigab, lief die Salzbrühe ab, gefolgt von labbrigen Schleimfäden. Er nieste, hustete, heulte – und schniefte und tupfte weiter.

Später fuhr er zum Deich am Flußkanal, wo Frachter und Schleppkähne in den Hafen ein- und ausliefen. Fest eingepackt in seine Lederjacke, in beiden Fäusten einen kleinen Gummiball zur Stärkung der Handmuskulatur, rannte er auf dem Sandweg vorbei an aufgeplatzten Matratzen, schrottreifen Heizkörpern, Stoßstangen, durchgeweichten Kartons, abgefahrenen Reifen und rostigen Büchsen, die entlang der steilen Böschung verstreut lagen. Im Uferwasser schaukelten Flaschen, Treibholz, schwarze Plastikbehälter, Papierfetzen und hin und wieder ein stinkender toter Fisch. Möwen kurvten durch den grauen Himmel und landeten auf Pfählen am anderen Kanalufer. Erhitzt und verschwitzt gelangte Ernie auf die Höhe der Lagerhallen. Den Atemrhythmus auf das Klatschen seiner langen schwarzen Tennisschuhe eingestellt, stampfte er am Hafen vorbei. Lerchen stiegen in gelben Blitzen aus totem Gestrüpp und wildem Gras, flatterten voraus, landeten und sangen ihre sechs Tremolotöne, verstummten und flogen erneut auf, während Ernie unermüdlich weitertrabte; er fühlte sich, als würde er niemals schlappmachen.

An der Abzweigung des Kanals vom San Joaquin River bog auch der Damm ab. Mit weiß angemalten Stämmen standen die Eichen von Dad's Point am Horizont. Ernie schnappte mit offenem Mund nach Luft, die nassen Haare hingen ihm in die Augen, sein Körper glühte wie ein Ofen, doch er hielt sein Tempo, vorbei an Rough and Ready Island, wo Dreierreihen von eingemotteten Kriegsschiffen lagen, die Geschütztürme besonders versiegelt, für die Zukunft. Mit ausgetrockneter Kehle suchte er sich einen Gegenstand als Ziellinie aus, stampfte ihr mit schweren Beinen entgegen und dann darüber hinaus. Den Kopf zurückgeworfen, keuchend und mit von Schmerzpfeilen durchbohrter Brust strebte er einem zweiten Ziel zu. Aber auch dort hielt er nicht an. Er kämpfte sich voran bis zum Anfang des Parks, stolperte über eine Wiese mit Picknicktischen und Grillanlagen, taumelte mit Windmühlenarmen weiter und weiter unter den Eichen hindurch, bis er schließlich japsend am morastigen Ufer an der Spitze der Landzunge stand, wo es nicht mehr weiterging.

5

Die Turnhalle war bereits geöffnet, als Ruben Luna mit Ernie Munger dort ankam. Ernie ging gleich in die Umkleidekabine. Gil Solis und Babe Azzolino warteten gelangweilt am Ring auf ihre Athleten, die Hände in den Taschen und mit Gesichtern, aus denen sie jedes Gefühl vertrieben hatten.

«Ich hab dem Jungen seine Boxlizenz gekauft», sagte Ruben, als er sich zu ihnen stellte.

«Tatsächlich?» Babes angestrengte, durch Schläge auf den Adamsapfel kaputtgemachte Stimme war kaum mehr als ein durchdringendes Flüstern. Er wippte auf den Fußballen, klimperte in den Taschen seiner gelbbraunen Hose mit Kleingeld und reckte sein konzentriertes, derbes Gesicht nach vorn – ein kleiner, ordentlicher Mann, der die Reste seines pomadisierten schwarzen Haares von den Schläfen aus nach hinten kämmte.

«Und wenn er kneift?» fragte Gil. «Dann biste deine fünf Dollar los.»

«Der kneift nicht. Wenn du wüßtest, was der Doktor über ihn gesagt hat.»

«Hast du Castillo vergessen?» Gils angespanntes, durchfurchtes Gesicht nahm einen verbitterten Ausdruck an. «Weißte, wieviel Geld ich dem Burschen gegeben habe? Ich wette, dasses mehr als 'n Dollar täglich war. Zwei Dollar, drei Dollar. Fast jeden verdammten Tag. Und er läßt mich sitzen. Jeden Tag ins Kino. Kino, Kino. Ich zieh mir die letzten Cents aus der Tasche, und er verpißt sich nach Mexiko. Weißte, was er heute is? Weißt es nich? Nummer zehn isser.»

«Du hättest damals was machen sollen», krächzte Babe.

«Was denn?»

«Na, gleich zum Rechtsanwalt.»

«Tja», sagte Ruben. «Ich bring also den Jungen zum Arzt, und der dachte, die Nadel sei stumpf. Er wollte 'ne Blutprobe, aber die Nadel ging nicht rein.»

Gil zog sich die Hose hoch. «Eins weiß ich, ich verleih kein Geld mehr. Soso, die Nadel war stumpf?»

«Nein, nein, es war 'ne gute Nadel. Und weißt du, was er sagt?»

«Wahrscheinlich war doch die Nadel stumpf.»

«Nein, er hat zwei Nadeln probiert.»

«Wer?» flüsterte Babe. «Der Junge?»

«Ja, ich hab ihm seine Lizenz besorgt, und der Doktor konnte kaum die Nadel reinkriegen.»

«Was'n los? Stumpfe Nadel, was?»

«Der Junge ist aus Leder.»

«Verrückt, Ruben. Verrückt. Also, das is wirklich verrückt. Wenn du ihn so ansiehst, kommst du nicht drauf. Tja, wirklich verrückt. Manny Chavez hatte dicke Haut, weißt du, aber der war zäh, das wißt ihr ja noch, so was wie den gibt's nicht alle Tage.»

«Ich bin noch gar nicht fertig. Paß auf. Der Doktor kriegt die Nadel schließlich doch rein, ja, und dann ist das Blut doch tatsächlich fast schwarz.»

«Ich war mit Chavez in L. A., gegen Montoya – in der ersten Runde kriegt er einen Stoß gegen die Augenbraue, das Blut fließt, und ich glaub schon, das war's. Aber es war nicht sein Blut, sondern Montoyas. Der hatte 'ne Platzwunde am Kopf, die mußte mit mindestens zehn Stichen genäht werden. Chavez hatte keinen Kratzer.»

«Erinnert ihr euch an diesen Burschen, Estrada», unterbrach ihn Gil. «Den hab ich mal 'ne Cola mit den Zähnen aufmachen sehen.»

«Meine Fresse. Sind sie abgebrochen?»

«Hört mal her, ich bin noch nicht am Ende. Der Doktor zapft das Blut ab, es ist schwarz, und er starrt nur blöd, als ich ihn frage, ob er dem Jungen die Venen in der Nase wegbrennen kann, um das Nasenbluten zu verhindern. Also stellt er das Blut weg, holt seinen Elektrobrenner, und nachdem er fertig ist, holt er die Blutampulle, dreht sie um, und das Blut fließt noch nicht mal runter. Bleibt einfach oben kleben. Hat sich in Gelee verwandelt.»

Nachdenklich kratzte sich Gil zwischen den Pobacken. Ruben seufzte, machte ein paar ziellose Lippengeräusche und fing an zu summen. Babe versuchte, mit einem Räuspern seine kaputte Kehle freizubekommen. «Manny Chavez hatte die reinste Pisse, die ich je gesehen habe», flüsterte er. «Er machte 'ne Urinprobe, und die Pisse in der Flasche sah aus wie das sauberste, klarste Gebirgswasser.»

6

Am Tag vor seinem ersten Kampf fuhr Ernie mit Faye Murdock aus der Stadt hinaus über den Calaveras River, der braunes Hochwasser führte, und bog auf eine Chaussee parallel zum Deich ab. Auf einem von Liebespaaren und Anglern benutzten Feldweg verließ er die Straße und fuhr so lange auf der Deichkrone entlang, bis er die Häuser der Stadt nicht mehr sehen konnte, während stumpfgraue Wasserrallen in den Spätnachmittag davonflatterten, wobei sie noch im Flug auf dem Wasser zu laufen schienen. Dunkle Wolken erstreckten sich bis zum Horizont. Im Schilf am morastigen Flußufer sangen Rotdrosseln. Ernies Arm lag auf Fayes Schultern, wie schon so oft während der Fahrten über andere, menschenleere Feldwege, und er flüsterte und hauchte Worte in ihr kleines, strenges Ohr.

Faye war ein ernsthaftes, dunkelhaariges Mädchen mit schönen, großen Zähnen, einem hellen Teint und einem kleinen, weichen Körper, der auf Ernies Anregungen nicht zu reagieren schien. Ernie hatte sich anfangs mit ihr verabredet, weil sie eine Zeitlang mit Steve Bonomo befreundet gewesen war, und von dessen Erfolgen bei einem anderen Mädchen hatte er an der Wand einer Schultoilette gelesen. Bei seiner ersten Verabredung mit Faye spürte Ernie, daß sie anders war als die zickigen Mädchen, die er sonst ausgeführt hatte. Auf ihren Lippen, in ihren Armen glaubte er, seine Einsamkeit zu erkennen. Also gab er nicht auf, bis Faye und er zu den anderen, treuen Paaren gehörten, die in ihren Wagen abends unter den Laternen der Main Street entlangglitten. Langsam bewegte sich der dichte Einbahnstraßen-Verkehr an den gelbblinkenden Ampeln vorbei, blockierte die Querstraßen, während die Fahrer durch die offenen Fenster miteinander redeten und Hupen tönten, bis die Prozession mit quietschenden Reifen und röhrenden Auspuffrohren losfuhr, um sich alsbald wieder schlingernd und bremsend in einen kriechenden Stau zurückzuverwandeln. Obwohl Ernie treu war, blieb er genauso unglücklich wie all die anderen jungen Männer, die einzeln oder in Gruppen herumfuhren, wie er früher auch, immer auf der Suche nach der mythischen Fußgängerin, die sich nach einer Autofahrt sehnte.

Es dämmerte, die perlenden Lieder der Drosseln erklangen seltener und blieben ganz aus, die Wasserrallen schwammen zum Ufer zurück, erklommen den Deich und versteckten sich in den Weiden. In der braunen Ferne zeigten sich die Lichter einer Farm zwischen Nebelschwaden, die über schlammige, unfruchtbare Felder trieben. Mit der Dunkelheit erhob sich ein Wind, der am losen Autokennzeichen rüttelte, und tief strich ein schreiender Schwarm Gänse vorüber.

Später fing es an zu regnen. Die ersten Tropfen hörte Ernie, als wären es kleine Geräusche aus Fayes Mund. Sie küßten sich schon so lange, daß er innerlich abgeschweift war und Bilder von Schilf sah, das im Rhythmus ihrer zarten Zunge schwankte. Als es nun auf das Wagendach zu trommeln begann, setzten sie sich auf. Draußen strömte der Regen über die Windschutzscheibe, prasselte auf die Erde, zischte in den unsichtbaren Fluß. Ernie öffnete das Fenster, und der kalte Regen wehte ihm ins Gesicht. An seinem Hunger merkte er, daß viele Stunden vergangen waren. Er zündete ein Streichholz an, und was er sah – Fayes bleiches, müdes Gesicht, die herabhängende Zigarette, ihr zerknittertes Kleid, ihr zerzaustes Haar, die Art, wie sie ihren Kopf hielt –, ließ ihn noch einmal hoffen.

Hinter den geschlossenen, beschlagenen Scheiben zog sich eine Umarmung hin wie ein endloser Augenblick, lediglich unterbrochen von einem gelegentlichen Magenknurren und wenn Faye sich eine Zigarette anzündete. Schließlich war Ernie in seiner Müdigkeit bereit, sich eine weitere Niederlage einzugestehen. Daß er alles versucht hatte, konnte ihn nicht trösten. Die Vorstellung, daß er morgen in den Ring klettern sollte, ohne diesen anderen Kampf gewonnen zu haben, schien anmaßend und gefährlich. Im Lido Gym war er der einzige, der diese Last des Schweigens und der prahlerisch-falschen Andeutungen trug, und er fragte sich, ob das womöglich den Unterschied zwischen Sieg und Niederlage ausmachte. Also fuhr er fort, sein folgenloses Vorspiel-Repertoire abzuspulen, als Fayes Finger eine kleine Blechbüchse in seiner Hosentasche berührten.

«Aspirin?»

Er schwieg alarmiert, und weil er nicht wußte, was zu tun war, ließ er sie in seine Tasche greifen. Sie zog die Büchse heraus, und in der Dunkelheit hörte er, wie sie aufklickte. Als das Schweigen nicht endete, sackte er gegen die Tür. Die Büchse klickte zu und wurde zurückgesteckt.

«Hast du das die ganze Zeit geplant?»

«Nein.»

«Hast du sie immer dabei?»

«Für alle Fälle.»

«Du meinst, wenn du sie nicht bei mir brauchen könntest, dann vielleicht mit einer anderen?»

«Ich will nur dich.»

«Wie kommst du darauf, daß ich will?»

«Das hab ich gehofft.»

«Für so eine hältst du mich?»

«Wie meinst du das? Wir haben es ja noch nicht mal gemacht.»

«Aber du willst. Daran denkst du wohl immer.»

«Überhaupt nicht.»

«Eben hast du gesagt, du wünschst es dir.»

Er überlegte kurz. «Ich will nur, was uns beiden gefällt.»

«Na klar.»

Eine Zeitlang sprach keiner, und Ernie fragte sich, ob die Bahn frei sei.

Schließlich fragte sie: «Magst du mich wirklich?»

Es wurde so still, daß er anfing zu zittern. «Ich glaube, ich liebe dich», antwortete er und sank noch tiefer in seinen Sitz. Seine Worte jagten ihm einen Schrecken ein. Hatte er sich jetzt für nichts und wieder nichts gebunden, oder hatte er nur das gesagt, was längst fällig war? Der Regen hämmerte aufs Dach. Sie saßen weit voneinander entfernt; er wußte nicht, ob sie ihm überhaupt erlauben würde, sie zu berühren. Doch weil ihm nichts anderes einfiel und weil er Angst hatte, der rechte Moment könnte verstreichen, griff er nach ihr, und sie sank in seine Arme. Es war wie ein Schlag in die Magengrube, er konnte nicht atmen. Sie klammerte sich an ihn, und er wand sich, bekam keine Luft, trat gegen die Tür, um in die richtige Lage zu kommen, und wußte die ganze Zeit, daß der unausweichliche Augenblick endlich da war. Er zerrte an ihrer Kleidung und drückte sie auf den Sitz, warf sich auf sie, und ein Fuß blieb im Lenkrad hängen. Fleisch schmatzte gegen Fleisch. In einem Pulsschlag ekstatischer Vergessenheit schloß Ernie fest die Augen, und die Hupe ertönte.

Stille. Erschöpft hörte er wieder die Regentropfen auf dem Wagendach; er war müde, und er wußte, daß er das höchste aller Vergnügen erlebt hatte.

«War es gut?» fragte er.

«Es war nett», wisperte Faye.

Dafür war Ernie dankbar, aber er zweifelte, weil er nicht wußte, ob alles ordnungsgemäß abgelaufen war. Das sollte alles gewesen sein? Vielleicht hatten die Leute das Ganze so grundlos in den Himmel gehoben, weil es sonst nichts gab, für das es sich zu leben lohnte. Sein Gesicht lag auf einem Riß im Sitz, und seine Nase drückte gegen die Polsterung.

«Es wird spät.»

«Ja.»

«Sind wir hier sicher?»

«Wir sollten lieber los», murmelte er ins Polster.

«Ja, meinst du?»

Abrupt setzte er sich hin. «Wir sollten hier verschwinden.»

«Vielleicht hätten wir nicht so lange bleiben sollen.»

Der Motor brummte, die Scheinwerfer strahlten in den Regen, die Wischer fegten und klackerten über die Windschutzscheibe. Nach ein paar Metern blieb der Wagen stekken, die Räder drehten im Matsch. Ernie schaltete vom ersten in den Rückwärtsgang, um den Wagen freizuschaukeln, aber die Räder sanken tiefer und saßen fest.

«Was machen wir jetzt bloß? Ich hätte nach Hause gehen sollen», sagte Faye.

Froh, von ihr wegzukommen, kletterte er in den Regen hinaus. Er überließ ihr das Steuer, lehnte sich mit dem Rükken gegen den Kofferraum, die Schuhe im Matsch, drückte nach vorn und schrie Befehle. Der Wagen drückte nach hinten. Er sprang zur Seite und versuchte, die jaulenden

Reifen zu übertönen. Sie schaltete und würgte den Motor ab.

«Ich kann's nicht», rief sie, und er fürchtete, daß sie weinen würde. Mit klatschnassem Gesicht stieg er ein, um den Wagen wieder anzulassen. «Wären wir nur nicht hergekommen», sagte sie. «Wäre ich nur zu Hause geblieben.»

Ernie ging wieder zum Kofferraum. Die Räder bespritzten ihn mit Matsch, er stöhnte, drückte und schrie, sie solle nicht soviel Gas geben. Seine Schuhe quietschten vor Nässe, als er sich schließlich auf die Suche nach Brettern machte und sich wütend durch das Gebüsch das steile Flußufer hinunterkämpfte. Er war nahe am Wasser, konnte es aber nicht sehen. Vor ihm lag eine schwarze Fläche, und er hörte ein Geräusch wie von entweichendem Dampf. Während er sich an der Böschung entlangtastete, hörte er Faye vom Auto aus rufen, und er brüllte wütend zurück; wie konnte sie glauben, er würde einfach verschwinden und sie im Regen allein lassen. Zweige peitschten gegen ihn, und er hangelte sich von Weide zu Weide weiter, als ihn heftiges Flügelschlagen erschreckte. Er fuhr zurück, rutschte ab, warf die Hände nach vorn, landete auf der Seite und war sofort bis zur Hüfte im schockkalten Flußwasser; es war unglaublich, und seine Hände rissen in Panik ganze Soden aus der Böschung. Blindlings zog er sich an Land und stand bebend auf dem rutschigen Ufer. Seine Zähne klapperten, Wasser strömte ihm aus der Hose, die Schuhe waren voll. Er klammerte sich an Zweigen fest; vor seinem inneren Auge standen die schwarze Taufe und das, was im Auto geschehen war – es entglitt einfach alles seiner Kontrolle. Er mußte nach Hause, mußte sich aufwärmen und abtrocknen, mußte ausruhen für den Kampf, und statt dessen steckte er hier draußen, naß im Gebüsch, meilenweit von der Stadt entfernt, mit einem Mädchen, das er womöglich nie mehr loswerden würde. Im rauschenden Regen hörte er die Hupe. Ernie stapfte mit seinen schweren Hosen am Ufer entlang.

Schließlich fand er ein wasserdurchtränktes Brett, das er zum Auto schleppte.

«Ernie, bist du's?»

«Wer sonst? Was schreist du denn so?»

«Ich hatte Angst, du hättest dich verlaufen.»

Fluchend klemmte er das Brett unter ein Hinterrad. Er schob an, die Räder drehten durch, das Brett zerbrach, der Wagen sprang vor und sank wieder ein, während Ernie im roten Schein der Rücklichter vornüberfiel. Auf Knien grub er im Matsch, preßte das zerbrochene Brett wieder unter den Reifen und schob weiter, während Faye Vollgas gab. Schließlich erreichten sie festen Boden, wo der Deichweg zur Asphaltstraße hinabführte, und der Wagen machte einen Satz und schoß davon. Ernie lief hinterher.

«Rufst du mich morgen an?» fragte Faye auf dem Heimweg.

«Wozu?»

«Weil ich mit dir reden will.»

Schon schienen die ersten Pflichten in Kraft zu treten, und er stimmte zu.

Ihre Straße stand von Bordstein zu Bordstein unter Wasser, und es dröhnte unter dem Auto, als sie auf ihr Haus zufuhren. Das Verandalicht brannte als einziges im ganzen Block.

7 Ein Wagen voller Boxer verließ bei Regen die Stadt. Sie fuhren am Kreiskrankenhaus vorbei, vorbei an kahlen Weinbergen, Obstgärten und Walnußplantagen, Scheunen, Hühnerställen und Feldern, auf denen das Wasser in Lachen stand. Auf dem Rücksitz, zusammengesackt zwischen Wes Haynes und Buford Wills – die beide kleine schwarze Hüte mit aufgestülpten Krempen trugen –, saß Ernie Munger. Ruben Luna fuhr. Neben ihm saß noch Babe Azzolino mit Bobby Burgos, einem Filipino, Bantamgewicht, der an diesem Abend sein einziger Boxer sein würde. Während die beiden Manager endlos palaverten, nickte Ernie ein, döste und fuhr aus dem Schlaf hoch.

«Unsere siegen», sagte Ruben. «Was meinst du?»

«Find ich auch. Unsere siegen.»

«Hundertprozentig. Alle vier. Weißt du, was ich gern mal machen würde? Die Jungs nach England bringen. Dort wissen sie Klasse zu schätzen. Wenn ich aus denen Profis mache, hätt ich wirklich Lust, da mal hinzufahren.»

In Salinas aßen sie Chiliburgers. «Dieser Bursche kann nicht kämpfen», sagte Ruben, der Ernie in der Nische gegenübersaß. «Den machst du fertig. Wie fühlst du dich? Scharf auf den Ring?»

«Ich geb mein Bestes», sagte Ernie.

«Könnte sein, daß es über vier Runden geht, also verausgab dich nicht zu früh. Verlier nicht den Kopf.»

«Werd ich nicht. Ich nehm mich zurück.»

«Aber das geht rum wie nichts, also werd auch nicht zu langsam.»

«Werd ich nicht. Ich geb alles.»

«Gut, aber verausgab dich nicht zu früh. Buford, deiner kennt sich aus, also gib dir keine Blöße. Aber er säuft, einer von der Armee, na, du weißt ja. Der geht nicht aufs Ganze.»

Nebel fegte über die Dächer und Bäume, als sie in Monterey ankamen. Das Del Monte Gardens lag fast am Rande der Stadt. Ruben Luna, Gewicht leicht nach hinten verlagert, Mantel und Strickjacke aufgeknöpft, Hemdkragen offen, Hut nach hinten geschoben, ging mit ausholenden Armbewegungen voran. Einige Boxer waren schon in den Umkleideräumen, ruhten sich auf den Tischen aus, zogen sich um, gingen in einem Gewirr von Stimmen und unter angespanntem Naseschneuzen nervös hin und her. Benommen von der stundenlangen Fahrt zog Ernie lustlos seine Kleider aus. In neuen Boxschuhen, ledernem Tiefschutz und violett gesäumten goldfarbenen Shorts mit einem aufgestickten A trat er von einem Fuß auf den anderen, während Ruben ihm die Hände einband, seinen Bewegungen folgte, die Gaze wickelte und ihm zubrummte, er solle stillhalten. Mit schmalen Klebestreifen wurden die Binden festgeklebt und zwischen allen Fingern fixiert. Die Handschuhe zog sich Ruben zuerst über die eigenen Hände; er schlug und knetete die Polsterung von den Gelenken weg, ehe er sie abstreifte und sie Ernie über Kreuz hinhielt, damit er sich hineinzwängen konnte. Sie waren kleiner als die, mit denen Ernie trainiert hatte, und er scharrte mit seinen leichten Schuhen und schwang die Arme, während Ruben ihm folgte und ihm Vaseline um die Augen und aufs Nasenbein schmierte. Dann ging Ruben hinüber zu Wes Haynes, der in T-Shirt und Tiefschutz auf einer Tischkante saß, seine roten Haare zu einem steilen Kamm hochgebürstet.

«Ich hoff bloß, daß ich mir den Kampf nicht im Bett vermasselt habe», vertraute Ernie Buford Wills an. Buford, der kurz vor der Pause dran war, hatte noch seine Straßenkleider an. «Sag Ruben nichts, aber ich hab mir vergangene Nacht was aufgerissen.»

«Ich auch. Macht nix. Ist egal, selbst wenn du stockbesoffen bist, du hast zwei Fäuste, du kannst den Scheißkerl schlagen. Mir egal, wer's ist. Findet alles im Kopf statt.»

«Na, ich hoff's.»

«Ist keine Sache von hoffen. Du mußt es *wollen*, das bringt's. Du mußt es so wollen, daß du's schmeckst. Wenn du wirklich gewinnen willst, gewinnst du auch. Kommt verdammt noch mal gar nicht in Frage, daß dieser Makker mich schlägt. Zu alt. Ich heiz ihm ein. Den mach ich so fertig, daß er morgen bei jedem Bissen an mich denkt. Der Scheißkerl wird 'ne einzige Wunde sein. Der weiß morgen, daß er 'nen echten Kampf hinter sich hat. Den krieg ich, bevor er mich kriegt. Den schlag ich mit allem, was ich habe. Den Scheißer schlag ich nicht nur, ich bring ihn um.» Buford war klein und dünn. Seine Haare, auf der einen Seite durch einen kahlrasierten Streifen geteilt, waren kurzgeschoren. Seine Nase zeigte nach oben, er hatte breite Nasenflügel, weiche und volle Lippen, und seine Augen mit den schweren Lidern waren stets düster zusammengekniffen. Im vorigen Jahr, erst vierzehn, hatte er sich älter gelogen und in San Francisco den Golden Gloves-Titel für Anfänger im Fliegengewicht gewonnen. Heute abend trat er gegen den Champion von Fort Ord an. «Willst du wissen, was dich zu 'nem guten Kämpfer macht?»

«Was denn?»

«Du mußt an dich glauben. Du mußt gewinnen wollen. Alles andere ist Konditionssache. Du willst ihn fertigmachen, also machst du ihn fertig.»

«Hoffentlich hast du recht.»

«Wenn du ihn nicht fertigmachen willst, wirst du selber fertiggemacht.»

«Ich will ihn ja fertigmachen. Keine Sorge.»

«Dir fehlt einfach der Mumm.»

«Ich hab doch gesagt, daß ich ihn fertigmachen will.»

«Du mußt ihn *richtig* fertigmachen wollen. Da kann dir kein Manager, kein Trainer oder irgendwelche Pillen bei helfen.»

«Ich will ihn genauso fertigmachen wie du.»

«Dann geh rein und mach ihn fertig.»

«Okay.» Ernie ging weg, verärgert, daß er vor diesem Jüngelchen klein beigab. Teilnahmslos tänzelte er und scharrte mit den Füßen. Als sein Name durch die Tür gerufen wurde, begann er wild schattenzuboxen.

«Hör auf. Spar dir deine Kraft. Wir müssen gehen», sagte Ruben. «Babe, hol die Handtücher, hol die Handtücher.»

«Ich hab mich überhaupt nicht richtig aufwärmen können», beklagte sich Ernie.

«Das geht schon, du bist in Form. Bleib einfach locker. Wo ist der Eimer?»

«Ich hab den Eimer in der Hand», flüsterte Babe. Er hatte rotbraune Hosen, ein gelbes Strickhemd und eine moosgrüne Wolljacke an und trug ein Handtuch über der Schulter.

«Hast du die Flasche?»

«Die Flasche ist im Eimer.»

«Ist Wasser drin?»

«Denkst du, ich bring 'ne leere Flasche mit?»

«Ich frag ja nur. Ich geh nicht ohne Wasser mit meinem Jungen da raus.»

«Ich hab das verdammte Wasser. Reg dich ab. Ich sag doch, ich hab das Wasser.»

Die drei gingen raus, hinein in die Zuschauermassen. Der Ringrichter, ein kleiner, kahler, schwergewichtiger Mann in Grau, lehnte mit ausgebreiteten Armen rücklings in den Seilen. Ein Handtuch über der Schulter rieb Ernie seine Schuhe in dem Kolophoniumbehälter unter den gleißenden Scheinwerfern. Als er in seine Ecke ging, packte ihn Ruben im Nacken und versuchte, ihm den Zahnschutz reinzuschieben. Ernie wehrte sich, befreite sich und spuckte das Gummiding aus.

Die Glocke ertönte zum Zeichen, daß es losgehen sollte. Pfiffe und ungeduldiges Klatschen hallten in der Arena wider. Schließlich kam ein Mexikaner in einem knallroten Mantel den Gang herunter gejoggt, gefolgt von seinen Betreuern. Er duckte sich unter den Seilen durch, blieb mit einem Fuß hängen, und aus dem geplanten Sprung in den Ring wurde Tänzeln und Schattenboxen, während ein Sekundant hinter ihm herlief und versuchte, ihm den Mantel abzunehmen.

«Also», sagte Ruben. «Den hast du.»

Er hieß Manuel Rosales. Als er angekündigt wurde, kam vereinzelt Applaus auf, was Ernie verunsicherte. Aber bei ihm war es dann dasselbe, einfach nur, weil er in seinen Shorts da oben stand. Ruben und Babe waren jetzt nicht mehr im Ring, aber er spürte noch ihre Hände, die ihn massierten. Die Lichter in der Arena gingen aus, und Rosales stand ihm am anderen Ende des mit weißem Segeltuch bespannten Rings gegenüber. Überrumpelt durch die Glocke und einen Stoß in den Rücken, machte Ernie einen Satz nach vorn. Sein Gegner drehte sich in seiner Ecke um, beugte ein Knie und bekreuzigte sich. Dann erhob er sich sofort, das Haar, ein herausgewachsener Messerschnitt, stand ihm vom Kopf ab wie Wildschweinborsten. Die beiden berührten sich über den Arm des Ringrichters hinweg mit den Handschuhen. Ernie, dem es unangenehm war, Rosales so schnell nach dessen Gebet anzugreifen, streckte die Hand aus, um den Handschuh seines Gegners noch einmal zu berühren, und wurde am Kopf getroffen. Wütend holte er aus und spürte den erregenden Zusammenprall mit Knochen durch die leichten Handschuhe. Aufgestachelt durch Schreie, verwundert von seiner Macht über die Menge, sprang er vor, boxte um sich und wurde von einem Hagel von Schlägen gebeutelt. Er wich zurück. Auf seinem Mundschutz kauend, tänzelte er durch den Ring, während Rosales ihm nachstürmte, ihn zu treffen suchte und ihn verfehlte. Der Ringrichter manövrierte seinen behenden Körper aus der Schußlinie, und die jeweiligen Sekundanten brüllten ungehört verhallende Anweisungen.

«Jab! Verpaß ihm die Rechte! Verpaß ihm die Rechte! Jab! Eins, zwei!»

«Pégale! Tirale al cuerpo! Abajo! Abjao!»

Zwischen den Runden instruierte ihn Ruben mit einem gnadenlosen Ausdruck im Gesicht, den Ernie noch nie an ihm gesehen hatte, und seine Arme führten erläuternde Schläge aus.

«Geh nach vorn und nagle ihn. Verstehst du?»

«Haken», krächzte Babe, der sich mit der bandverklebten Wasserflasche zwischen den Seilen durchbeugte.

Als die Glocke ertönte, hievte ihn Ruben am Hintern vom Stuhl, und als Ernie nach einer Runde Tänzeln und Jabs austeilen zurückkam, bekam er einen nassen Schwamm ins Gesicht geklatscht. Er wurde abgerieben, durchgeklopft, geknetet und gewalkt. Kaltes Wasser wurde ihm in die Hose gegossen. Er wurde angefeuert, er wurde gemaßregelt, und er hörte auf gar nichts. Als er aufstand, wurde ihm das Handtuch unter der Nase durchgezogen, und er wich vor den Ammoniakdünsten zurück.

Sein erster Treffer schleuderte einen Sprühregen aus Rosales nassem Haar. Er wich aus, und Rosales stürzte in die Seile.

«Hol ihn dir! Er kann nicht mehr, er kann nicht mehr, er kann nicht mehr!» Ruben brüllte, und Ernie merkte, daß auch er nicht mehr konnte. Er schlug zu und wich zurück. In einer Ecke eingekesselt, versuchte er, in den Clinch zu gehen, als ein wütender Schlag ihm das Nasenbein zertrümmerte. Vornübergebeugt, die Arme um Rosales Taille, registrierte er, daß der Ringrichter an ihm zerrte. Ineinander verkeilt stolperten die drei durch den Ring, Blut spritzte auf ihre Beine, bis Ernies Klammergriff gelöst wurde.

Verschwommen sah er, daß Blut über seine Brust lief. Der Ringrichter hielt ihn fest und begutachtete seine Augen.

«Ich bin okay, ich bin okay», sagte Ernie hinter seiner pochenden Nase und begriff langsam, daß etwas mit ihm nicht in Ordnung war. Aus Angst, der Kampf könne abgebrochen werden, wollte er auf Rosales losgehen, der da mit offenem Mund hinter dem Ringrichter stand, den schweißnassen Körper voller Blut. Er wurde abgeblockt. Er setzte zum Sprung an, aber der Ringrichter, mit fettem rotem Gesicht über einer schwarzen Fliege, schob ihn zurück und langte nach seinem Mundschutz. Ernie warf den Kopf von einer Seite zur anderen, um der Hand auszuweichen, und protestierte durch das Gummiding hindurch:

«Scheiße, ich bin okay. Gottverdammte Scheiße, ich bin

okay.» Dann war Ruben im Ring und hielt ihn an den Schultern fest.

«Nimm den Kopf nach hinten. Atme durch den Mund.»

Er wurde in seiner Ecke mit dem Schwamm bearbeitet, als sein Gegner, jetzt wieder in seinem roten Mantel, zu ihm herüberkam, etwas murmelte und ihm kurz den Arm um die Schultern legte.

«Sieht mir so aus, als ob er dir einen Kopfstoß verpaßt hätte», flüsterte Babe, als Rosales durch den blutbespritzten Ring in seine Ecke zurückging.

«Ich weiß nicht, was es war.»

«Klar hat er dir einen Kopfstoß verpaßt. Einen Schlag bringt der doch gar nicht zustande», sagte Ruben und ging zum Ringrichter hinüber.

Mit der Hand auf Ernies Nacken beklagte sich Ruben laut nach allen Seiten hin, als sie den Gang hinauf zum Umkleideraum gingen, wo Buford Wills verloren in einem königsblauen Mantel herumsaß und Wes Haynes in Boxhandschuhen, weißen Schuhen und Tiefschutz wartete.

«Verloren, Mann?»

«Er ist kein bißchen verletzt. Ich versteh gar nicht, warum abgebrochen worden ist.»

Ernie wurden die Boxhandschuhe ausgezogen und die Gaze mit schnellen und präzisen Schnitten entfernt. Ein grauhaariger Manager kam herein und schaute sich seine Nase an.

«Hol dir eine Überweisung vom Arzt hier, bevor du gehst. Du kannst dir die Nase morgen richten lassen, umsonst.»

«Das war ein Kopfstoß. Dieser Junge gehört disqualifiziert.»

Ernie streifte die Shorts und die Schale ab, sie wurden

Wes Haynes gegeben. Murrend zog er sie an. «Überall Blut», beschwerte er sich bei Ruben.

«Na und? Ist doch nicht deins.»

Sie gingen, und Ernie blieb mit zurückgeworfenem Kopf stehen. Blut rann noch immer über seine Lippen, als er zu einem Spiegel ging. Seine Nase sah aus wie eine Kochwurst kurz vor dem Platzen. Er ging in den Duschraum und stand, das pulsierende Klopfen des gesplitterten Knochens spürend, mit geschlossenen Augen unter dem Wasserstrahl.

8

Wes Haynes hatte nicht eine Runde überstanden. Als er sich mit einem rechten Schwinger nach vorn stürzte, war er direkt in einen Cross-Schlag gegen seinen Kiefer gelaufen. Dann hatte er sich unter einem Wirbel von Schlägen in die Seile geduckt, die Boxhandschuhe vors Gesicht gehalten, unsicher, was er machen solle, und hatte gar nichts mehr getan, nur abgewartet, bis sein Gegner aufhörte, auf ihn einzudreschen, damit er selbst wieder anfangen konnte zuzuschlagen. Als aber die Schläge aufhörten, sah er hoch und stellte fest, daß der Kampf abgebrochen worden war. Vor so vielen Augenzeugen gedemütigt, hatte er den Kopf geschüttelt, als ob er wirklich benommen sei.

Nachher, im Umkleideraum, hatte sich Wes an Buford Wills gehalten. Im Auto setzte er sich neben ihn. Auch in dem mexikanischen Café in Salinas saß er weiter neben ihm, ihre dunklen Fäuste Seite an Seite auf dem Tisch, und jede hielt eine Flasche Orangenlimonade. Buford hatte den Fliegengewicht-Champion aus Fort Ord deklassiert, bis er in der letzten Runde bewußtlos geschlagen wurde, und jetzt schaute Ruben zu ihm rüber und erkundigte sich mit einer Fröhlichkeit, der Wes ansah, daß sie unecht war:

«Alles in Ordnung? Wie geht's?»

«Beschissen», sagte Buford.

«Du hast deine Linke nicht eingesetzt. Reg dich nicht auf. Der geht dir nicht verloren. Die holen dich wieder, und beim nächstenmal machst du ihn fertig. Er ist nicht mehr das, was er mal war. Ernie, diese Nase wird so gut wie neu, keine Bange. Schau dir meine an. Sieht die aus, als ob sie je gebrochen wäre?»

«Ja.»

«Ich weiß nicht, was für ein Deal das da heute abend war, aber so was hab ich noch nie erlebt. Brechen die den Kampf ab, als Ernie den Jungen in der Zange hat. Du hast es gesehen, Babe. Der Kerl gehört disqualifiziert. Und Wes hatte auch nichts. Jeder kann in der ersten Runde in die Seile getrieben werden. Wenn du so gut einsteckst wie Wes, heißt das gar nichts. Und Bobby hat doch jede Runde gewonnen.»

«So ist es», stimmte Babe zu. «Das sind Tatsachen. Räuberbande, sag ich, die schlimmste, die ich je gesehen hab. Der Junge war wirklich angeschlagen.»

«Das ist doch jetzt alles scheißegal.» Mißmutig, sein breites braunes Gesicht ohne Verletzungen, trank Bobby Burgos einen Schluck aus seiner Bierflasche.

Wenn ihr vernünftige Trainer wärt, dachte Wes, dann hätte ja wohl zumindest einer von uns gewonnen.

Babe rief vergeblich nach der Kellnerin; vor Anstrengung versagte ihm die Stimme. Ruben drehte sich um, sagte «He», und sie kam her.

«Süße, für uns noch ein Bier und für die Jungen Limonade.»

«Ich will auch ein Bier», sagte Wes beleidigt. «Ich will keine Limonade. Ich will ein Pils. Ich bin zweiundzwanzig.»

«Tut mir leid. Wenn du einen Personalausweis hast, kriegst du eins.»

«Hab ich vergessen.» Mit gerunzelter Stirn schaute der siebzehnjährige Wes sie an, als ob er sie auffordern wolle, doch mal genauer hinzusehen.

«Der da ist okay», sagte sie zu Ruben und nickte in Richtung Bobby Burgos. «Nur für euch drei.»

«Kennen wir alles schon», sagte Ruben. «Vergiß es. Limonade ist sowieso besser für sie. Wes, willst du wirklich keine mehr? Bring ihm noch eine. Die Jungens haben heute im Del Monte Gardens drüben schwer gekämpft.»

«Was sind sie, Boxer?»

«Das sind die Top-Amateure des Valleys. Wir sind extra von Stockton hergekommen. Magst du Boxen? Komm doch mal mit. Ich bring dich umsonst rein.»

«Sie ist verheiratet», sagte Babe, der an einer dünnen Zigarre zog.

«Woher willst du das wissen?»

«Ehering.»

«Na und. Dein Mann wird schon nichts dagegen haben, wenn du dir mal 'nen Boxkampf ansiehst, oder?»

Sie lachte ausweichend, und als sie mit den leeren Flaschen wegging, sagte Ruben: «Netter Arsch.»

«Was glaubst du, wie alt *die* ist?» fragte Wes.

«Alt genug. Alt genug.»

«Scheiße. Wenn ich sie nur in den Wagen draußen kriegen könnte», sagte Wes. «Ich würd sie zu Tode ficken.»

Wes Haynes hatte vier Flaschen Limonade getrunken, als sie das Lokal verließen. Sie fuhren über den Highway, bis ein Neon-Cocktailglas in der Dunkelheit vor ihnen aufleuchtete. Buford war inzwischen eingeschlafen. Wes blieb bei ihm im Wagen. Als die anderen schließlich aus der Bar zurückkamen, setzte sich Ruben nach hinten, und der Motor dröhnte weiter durch die Nacht. Als er aus dem Schlaf auffuhr – der Wagen war kurzfristig auf die Böschung geraten und schlingerte dann zurück auf die Fahrbahn –, sah Wes flache Felder, auf denen Nebel lag, Zäune, Heuschober, die dunklen Umrisse entfernter Berge. Als er wieder aufwachte, hörte er leise Musik, der Motor war ausgeschaltet, Babe und Bobby waren verschwunden, die anderen schliefen. Durch den Nebel sah Wes ein niedriges Gebäude, wo an einem Fenster in blauem Neon die Aufschrift *Regal Pale* leuchtete, und Niedergeschlagenheit erfaßte ihn. Er hatte kein Geheimnis aus seinem Boxtraining gemacht. Die, die er in der Schule kannte, redeten mit ihm, als ob er ein Profi sei, und er hatte es nicht für wert befunden, das richtigzustellen. Er hatte geglaubt, daß er schon bald genug einer sein würde – weil es all die Jahre das einzig Natürliche und irgendwie Zwangsläufige zu sein schien, weil er wider jedes besseren Wissens und einfach nur deshalb, weil er eben er war, meinte, er sei unbesiegbar. Jetzt fiel ihm auf, daß er schon immer hätte wissen können, daß er ein Nichts war. Boxer waren Männer in anderen Städten, in Großstädten weit weg von diesem Wagen, der hier in der Dunkelheit neben dem Highway inmitten von Gemüsefeldern parkte. Er lehnte seine Wange gegen das kalte Fenster und dachte daran, sich umzubringen, aber Jahre zuvor, als er, an die Beine seines Vaters gepreßt, einmal in einer Menschenmenge auf einer nächtlichen Seitenstraße gestanden war, hatte er einen Toten gesehen, das Gesicht in einer Blutlache zur Seite gedreht, die Augen voller Verblüffung, und Wes wußte, wenn er schon gewaltsam sterben sollte, würde er es nicht selber tun. Sie mußten schon kommen und ihn holen, und er würde sie niederknüppeln und erwürgen und zusammenschießen, und dann würde er wegrennen.

Die Stimme von Bobby Burgos kam näher, als ob er mit sich selber streite. Erst als die Stimme am Wagen angekommen war, hörte Wes Babes heisere Antworten.

«Ich versohl dir den Arsch. Ich laß dich nicht ans Steuer. Und wenn ich mich mit dir anlegen muß. Hände weg!

Glaubst du mir nicht? Ich laß dich nicht ans Steuer. Der Wagen gehört Ruben, ich will nicht dafür verantwortlich sein, daß ich dich ans Steuer gelassen habe. Tut mir leid, Kumpel, so ist das nun mal.» Die Innenbeleuchtung ging an, und als Babe in den Wagen kroch, gab Burgos ihm einen Stoß, der ihn ans andere Ende des Sitzes beförderte, direkt gegen Ernie Munger, der plötzlich hochfuhr.

«Werd bloß nicht unverschämt», warnte Babe.

«Ach, halt die Klappe.» Die Tür knallte zu. Sekunden später startete der Motor.

«Fahr nicht zu schnell, Burgos. Ich hau dir eine.»

«Mann, als ob ich es wäre, der zu schnell fährt. Du bist zu schnell gefahren.»

«Ich bin nicht schnell gefahren.»

«Hundert ist ganz schön schnell.»

«Ich bin nicht hundert gefahren.»

«Du bist Slalom gefahren. Du bist stockbesoffen.»

«Was? Was bin ich? Was hast du gesagt?» fragte Babe. Und dann waren sie wieder auf dem Highway, und Bufords schmaler, schlafentspannter Körper vibrierte neben Wes im Dröhnen des Motors, der für Augenblicke kaum mehr zu hören war, als ob der Wagen noch immer auf dem Parkplatz vor der Bar mit dem blauen Neonschild stünde.

Wes wachte auf, als sie in einer Straße mit kleinen Holzhäusern standen. Der Fahrersitz war leer. Alles war still, man hörte nur das Schnarchen und Schniefen kaputter Nasen. Zitternd vor Kälte, mit leerem und verwirrtem Kopf, stieg Wes aus dem Wagen und sah sich links und rechts auf der nassen Straße nach Bobby Burgos um. Es gab nichts, wo er hätte sein können, keine Bar, kein Café, keine Tankstelle, nicht einmal eine erleuchtete Veranda. Wes kam an eine Straßenecke und schaute eine weitere Straße hinunter, die genauso verlassen aussah. Er blickte zum Wagen zurück; kein Mensch zu sehen. Burgos war verschwunden. Ein dichter Nebel senkte sich herab und umgab alle Straßenlaternen mit einem Lichthof. Mit nassem Gesicht und von der Feuchtigkeit und vom Schlaf nach allen Seiten abstehendem Haar sah Wes in den tiefhängenden, tröpfelnden Himmel hinauf. Er hatte keine Ahnung, wo er sich befand, aber es war eine Stadt, die er noch nie zuvor gesehen hatte. Er ging zum Wagen zurück und wartete hinter dem Lenkrad auf Burgos.

«Bobby ist fort», sagte er laut. «Wo ist Bobby?» Aber keiner im Wagen antwortete, und der Klang seiner Stimme machte ihn unsicher. Schließlich startete er mit dem Hintergedanken den Motor, daß das Geräusch Burgos schon herbeiholen würde, wo immer er stecken mochte. Aber bei leerlaufendem Motor schien sich die ganze Stille der Straße auf den Wagen zu konzentrieren. Er legte den Gang ein und fuhr davon. In der Angst, daß er den Platz, an dem Burgos verschwunden war, nicht wiederfinden würde, begann er auf die Straßenschilder zu schauen. Es dauerte nicht lang, und die Abfolge der Straßennamen kam ihm bekannt vor. Er fuhr langsam weiter. Wenn alles seine Richtigkeit hatte, mußte er nur warten, bis der Name der Straße, in der er wohnte, auftauchen würde wie die anderen vorher. Und als er ihn sah, bog er mechanisch ein und fuhr weiter, bis er vor seinem Haus stand, dessen imitierte hellbraune Klinker auf den Asphalteinfassungen schon undeutlich zu sehen waren.

«Buford, wir sind da.» Er beugte sich über den Sitz nach hinten und schüttelte ein dünnes Bein.

«Mm.»

«Wir sind in Stockton. Fährst du den Rest? Ich hau mich in die Falle.»

«Ich kann nich fahren.»

«Ruben? Ruben, he, wach auf, wir sind da. Ruben?»

«Okay.»

«Bist du wach?»

«Ja, schon gut, alles in Ordnung.»

«Also denn, du bist dran.» Mit seinem Hut auf dem Kopf und seiner Tasche in der Hand ging Wes um das Haus herum zur Hintertür. Er tastete sich zu seinem Zimmer, zog sich unter den gleichmäßigen Atemzügen seines Bruders aus, schlüpfte ins Bett und wartete. Er hörte nichts. Nach einiger Zeit stand er auf und schlich auf Zehenspitzen ins vordere Zimmer, wo er zum Fenster hinausschaute und den Wagen noch immer stehen sah, klar zu erkennen im ersten Licht der Morgendämmerung, das ihn mit der ganzen verzweifelten Einsicht in seine Niederlage erfüllte. Leise, ängstlich bemüht, seine Familie nicht zu wecken, schlich Wes in sein Bett zurück.

9 Hunderte von Männern waren auf der beleuchteten, mehrere Blocks weit mit Arbeiterbussen gesäumten Straße, als Billy Tully, noch immer betrunken, ankam. Er war fast die ganze Nacht aufgewesen, wie nahezu jede Nacht, seit er seinen Fritierjob verloren hatte; und er war gefeuert worden, weil er nach durchgesoffenen Nächten nicht zur Arbeit erschienen war. Es war mörderisch, nach drei Stunden Schlaf aufzustehen. Nachdem der Nachtportier geklopft hatte, war Tully reglos, zerschlagen liegengeblieben, hatte das Klopfen an den anderen Türen gehört, die gleiche heisere, verbitterte Aufforderung den ganzen Gang entlang. Es hatte ihn so demoralisiert, daß er seine Flasche mit hinausnahm unter die morgendlichen Sterne. In der anderen Tasche seines grauen Anoraks steckten zwei belegte Brote in Wachspapier. Er hatte nicht gefrühstückt.

Der Port beruhigte ihn, so daß er aufhörte zu zittern, als er an den heruntergekommenen Bussen vorbeiging, durch deren Fenster man die Silhouetten der Hüte, Sombreros und Mützen der Männer drinnen sah. Die Fahrer standen an den Wagentüren und riefen in die Menge.

«Salatausdünner! Noch zwei, und wir fahren.»

«Zwiebelschneider, hierher, los.»

«Kirschen! Erste Ernte.»

«Sind sie reif?»

«Natürlich sind sie reif!»

«Wieviel bezahlt ihr?»

«Du kannst fünfzehn, zwanzig Dollar am Tag machen, wenn du willst.»

«So eine Scheiße, erzähl das einem anderen.»

«Erbsenpflücker!»

Der Himmel war noch schwarz. Nur ein paar Lichter brannten in den Fenstern der Hotels, schwache Glühbirnen, die ihr Licht auf zerschlissene Jalousien und Vorhänge warfen, und dazu die roten Beleuchtungen der Feuerleitern. Die Gestalten in den zerlumpten Overalls, den Armeehosen, Khakihemden und Übermänteln unter den Straßenlaternen waren alle von düsterer Einförmigkeit. Sie drängten sich um bestimmte Busse, die sich schnell füllten und mit quietschenden Reifen und Fehlzündungen abfuhren, und in dieser Menge schob und rempelte sich Billy Tully durch, fragte, wohin die Busse fuhren, und bekam manchmal gar keine Antwort. Er überquerte die Straße, auf der ein beständiger Strom von Männern und wenigen Frauen hin und her lief und Hunde ihren eigenen Geschäften nachtrotteten, und blieb bei einem halbvollen himmelblauen Bus mit eingebeulten Kotflügeln und einem fetten jungen Mann in Jeans an der Tür stehen.

«Zwiebeln. Schon mal welche geschnitten?»

«Natürlich.»

«Wann?»

«Letztes Jahr.»

«Steig ein.»

Tully kletterte in die dunkle Höhlung, stieß mit den Schuhen an Flaschen und Zeitungen und wartete dann zwischen den zusammengesunkenen Gestalten, während der Fahrer draußen anwarb. «Wenn diese Zwiebeln was bringen würden», sagte Tully, «hätte er den Bus schneller voll.»

«Besser als die verdammte Kurzhacke.»

«Vielleicht sollte ich Kirschen pflücken.»

«Du kriegst mehr beim Zwiebelschneiden, wenn wir den mal dazu bringen, sich zu bewegen.»

Die Sterne verblaßten, am Himmel erschien ein tiefes klares Blau. Die Lastwagen und Busse ruckelten davon. Die Menge draußen wurde kleiner und zerstreute sich in Grüppchen.

«Los, Dicker», schrie Tully.

«Fahrer, nun komm schon. Ich bin hier, um Zwiebel zu schneiden, ich will Zwiebel schneiden, ich bin ganz verrückt aufs Zwiebelschneiden.»

Der Bus ratterte an dunklen Häusern, Tankstellen, neonbeleuchteten Motels und dem hohen, undeutlich sichtbaren Schornstein der American Can Company vorbei, vorbei am Autokino mit seiner großen, in der beginnenden Morgendämmerung weiß schimmernden Projektionswand, über einen unsichtbaren Bach zwischen mächtigen Eichen, vorbei an den Wagen, Wohnwagen und ausgebauten Kleinbussen des Zigeunerlagers an seinem Ufer und hinaus zwischen die weiten Felder rechts und links. Bei einer rot-weiß karierten *Purina*-Hundefutter-Reklame bog er vom Highway ab. Einen Feldweg entlang holperte er auf einen Schober zu, und die Crew war aus dem Bus gestiegen und hatte sich Eimer ohne Boden von einem Lieferwagen genommen, als der Aufseher erschien und ihnen sagte, sie seien auf dem falschen Zwiebelfeld. Die Eimer schepperten wieder auf die Ladefläche, die Männer kehrten zum Bus zurück, und der Fahrer, eine seiner Koteletten zu kurz getrimmt und ein Stück blutgetränktes Klopapier auf der Wange, fuhr vorsorglich schimpfend zum Highway zurück, während ihn die Crew insgeheim verfluchte. Der Himmel bleichte zu einem fast farblosen Lavendel aus, mit Ausnahme eines orangefarbenen Glühens über den fernen Bergen. Als das gleißende Rund der Sonne erschien und die Gesichter der vom Bus durchgerüttelten Männer erhellte – schwarz neben schwarz, weiß neben weiß, Mexikaner neben Mexikaner und Filipino neben Filipino –, trank Billy Tully den letzten süßen Schluck Thunderbird, und seine Flasche in ihrer schmalen Papiertüte rollte polternd unter die Sitze.

Sie kamen bei einem Feld an, auf dem die Tagesernte bereits begonnen hatte, und Tully, im Arm eine Ladung Säcke, rannte mit den anderen zu den nächstliegenden Furchen, stolperte über den aufgepflügten Boden und stieß sich in dem hellen, zwiebelduftgeschwängerten Morgen seinen Eimer gegen das Knie. In der Furche neben ihm kniete ein großer Schwarzer, das Gesicht von dünnen Narben bedeckt; sein Messer blitzte zwischen der Unmenge herausgepflügter Zwiebeln. Keuchend zog Tully seinen Anorak aus und zerrte einen Sack um seinen unten offenen Eimer. Er kauerte sich auf den Boden, nahm eine Zwiebel, schnitt das obere Ende ab und warf sie in den Eimer, während er zur nächsten griff. Als der Eimer voll war, hob er ihn hoch, die Zwiebeln rollten in den Sack, und der Eimer war wieder leer.

In einiger Entfernung stand der Fahrer, Hände in seine mammutgroßen Jeans gesteckt, und brüllte: «Schneidet die Wurzeln ab!»

Überall hörte man das Geschepper der Eimer. Die gebeugten Gestalten schoben sich in einer ungeraden Linie wie eine Welle über das Feld; daß sie vorankamen, sah man nur an den kompakten, aufrecht stehenden Säcken, die sie hinter sich zurückließen. In der Luft lag ein schwaches Traktorenbrummen, kaum vernehmlich über dem Geräusch in Tullys Ohr, das er seit seinen ersten Kämpfen bei der Armee vor zehn Jahren nicht mehr losgeworden war.

Er kroch weiter unter der höher steigenden Sonne, schnitt und warf, Zwiebelteile flogen, das Messer klebte ihm auf den offenen Blasen an der Hand fest. Mit zerschundenen Knien kauerte er, stand auf, ging in die Hocke, setzte sich und kniete sich wieder hin, und so schleppte er sich, einen stechenden Gallegeschmack aufstoßend, durch den Morgen. Gegen Mittag hatte er sich nüchtern geschwitzt. Schmutzverkrustet und mit weichen Knien kletterte er in den Bus, in den Händen seine Sandwiches und eine Zwiebel.

«Hübsche Zwiebel hast du da zum Lunch», bemerkte eine Schwarze durch einen Mundvoll Brot, und ein alter grauhaariger Weißer, dessen herunterhängenden Lider ihr rotes Inneres entblößten, fühlte sich zum Vergleich herausgefordert und zog seine eigene große Zwiebel unter seiner Jacke hervor, die auf dem Sitz lag.

«Ist das nich 'ne Schönheit?» Er bezog die kauenden Gesichter in sein kaputtes und verrottetes Lächeln ein. «Wißt ihr, was ich damit mach? Ich nehm die Kleine mit heim und leg sie in Essig ein.» Er bedeckte sie wieder mit seiner Jacke.

Draußen in der Sonne arbeitete der narbige Schwarze aus der Furche neben Tully weiter auf einem nun fast menschenleeren Feld.

Durch die Nachmittagshitze krochen die Zwiebelschneider weiter, die Reihen mit gefüllten Säcken hinter ihnen wurden länger und länger. Der alte grauhaarige Mann füllte in Tullys Nähe halb liegend und mit unglaublich rotem Gesicht noch immer Eimer um Eimer, obwohl er aussah, als würde er jeden Moment tot umfallen. Tully hingegen stand. Belebt durch seinen Lunch und mehrere Tassen warmes Wasser aus der Milchkanne, raffte er rechts und links die Zwiebeln zusammen, riß die Strünke oben ab und kümmerte sich nicht um die Wurzeln, an denen manchmal Erdklumpen so groß wie die Zwiebel selbst hingen – so lange, bis ein Sack voll war. Dann schnitt er bei einigen Zwiebeln die Wurzeln sauber ab und legte sie obendrauf. Ab und zu kam etwas Wind auf, und dann waren plötzlich Geraschel und flackernde Schatten um ihn, wenn eine aufstrebende Spirale von Zwiebelschalen über ihn hinwegflatterte wie ein Schwarm Schmetterlinge. Schalen, die zwischen den weggeworfenen Strünken liegengeblieben waren, stoben mit zartem Geflirre auf, und die hohe, wirbelnde Säule zog über das Feld davon, langsamer werdend, sich ausdehnend, auseinanderdriftend – schwerelos schwebten die Schalen, bevor sie auf die gepflügte Erde zurücksanken. Über ihren Köpfen zogen große Schwärme steigender und fallender Stärlinge mit melodischem Gesang vorbei.

Halbwegs durch den Nachmittag riefen die Aufseher, sie sollten Schluß machen.

Zurück im Bus schrie der Schwarze, der neben Tully geschnitten hatte, vorlaut und aufgekratzt inmitten der Arbeiter, die er überrundet hatte: «Is leicht, sechzig Sack zu machen.»

«Is auch leicht, in den Himmel zu kommen.»

«Sin Zwiebeln da, mach ich sechzig Sack. Geht nix über Zwiebelschneiden. Also, ich mein richtige Zwiebel. Nich so kleine Erbsenkrüppel. Fahrer, los, her mit dem Geld. Ich möcht nix mehr von Zwiebeln sehen, riechen oder hören bis morgen früh, und wenn ich nich da bin, wart mit dem Bus, weil ich bin ein Sechzig-Sack-Mann, ich bleib dabei.»

«Wo du auch hinkommst, ist einer dieser Nigger und

schreit sich die Seele aus dem Leib», brummte der alte Mann neben Tully.

«Gib mir 'ne Furche mit anständigen Zwiebeln, und ich bin glücklich.»

«Kannst du haben», sagte Tully.

«Weißte, wie ich sechzig Sack mach?»

«Wie?»

«Kein Quatsch nebenher.»

«Willst du mir sagen, ich hätt nicht genauso hart gearbeitet wie alle hier?»

«Weiß ich doch nich, was du da draußen gemacht hast, aber Zwiebel, das mach ich mit links. Fahrer, was is denn? Bin ich hier, um Landschaft zu glotzen?»

Sie wurden zu einem Arbeiterlager gefahren, das von einem hohen, oben mit Stacheldraht versehenen Windschutzzaun umgeben war, und als die Männer aufstanden, um sich der Lohnschlange draußen anzuschließen, verstellte ihnen der Fahrer den Weg. «Ich will jetzt jedes einzelne dieser Zwiebelmesser. Steigt einer nach dem anderen aus, und ich will jedes einzelne dieser Messer.»

«Wirst aussehen wie ein Nadelkissen», sagte der Sechzig-Sack-Mann.

Die Männer gaben die kurzen Messer mit den hölzernen Griffen zurück, und der Fahrer sah finster drein unter der Last seiner Autorität. «Einer nach dem anderen, einer nach dem anderen», wiederholte er, obwohl der Gang zu eng war, um den Bus anders zu verlassen.

Tully stieg in den Staub hinunter und spürte erneut die Sonne auf seinem verbrannten Nacken. In der Lohnschlange stand er hinter dem alten Mann und schaute die Reihen weißgekalkter Baracken hinunter. Zwei Männer mit gekrümmtem Rücken und hängenden Hosen, die Hemden hinten dunkel geschwitzt, gingen zwischen den Gebäuden hindurch. Durch eine kurz aufschwingende Fliegentür sah Tully Reihen von eisernen Betten. Ein Mexikaner, beide Augen blau geschlagen, überquerte den Platz, ein Handtuch über der Schulter. Tully rückte vor in der Schlange. Wer seinen Lohn empfangen hatte, verließ das Schalterfenster der Baracke und ging zum Bus zurück; einige stellten sich noch mal an einem Wasserhahn an.

«Ist das alles?» fragte der Zahlmeister den alten Mann. «Was ist los mit dir, Pop? Wenn du morgen nicht mehr bringst, geh ich dir an den Kragen.»

«Tja, es dauert ein Weilchen, bis man den Dreh raushat», kam die bedrückte Antwort.

Zwei Zehncentstücke wurden auf den Schalter unter dem offenen Fenster gelegt. «Dein Geld.»

Der alte Mann wartete. «Hä?»

«Das ist alles.»

Der faltige Hals sackte weiter nach vorn. Langsam schlossen sich die geschwärzten Finger, die krustigen Nägel um die Münzen. Der schlaffe Körper ließ ganz vage erkennen, daß er bereit war zu gehen, obwohl die aufklaffenden Schuhe, die unbestrumpften Füße sich nicht von der Stelle rührten, und angesichts dieser fast unmerklichen Bereitschaft, klein beizugeben, wurden drei Dollarscheine ausgehändigt. Mit einem Ausdruck verblüffter Resignation im Gesicht schlurfte der alte Mann davon und machte Platz für Billy Tully, der mit seiner Zahlkarte vor den grinsenden Zahlmeister trat.

Als der Bus zum Tor hinausfuhr, sah Tully, an eine gekalkte Wand genagelt, ein gelbes Plakat.

BOXEN
ESCOBAR
VASQUEZ

Die Plakate hingen auch entlang der Center Street, als der Bus seine Fracht in Stockton auslud. Eines klebte im Schaufenster von La Milpa, wo Tully seinen Fünfdollarschein auf den Tresen legte, zwei Bier trank und die füllige Bedienung unter den sich drehenden Ventilatoren ins Auge faßte, bevor er sich auf den langen Weg zur Toilette machte. Er wusch sich das Gesicht, schneuzte seine schmutzgefüllte Nase in ein Papiertaschentuch und kämmte sich das nasse Haar.

Auf der El Dorado Street hingen die Plakate in den Fenstern der Bars und Frisiersalons und in den Eingangshallen von Absteigen, die voller Schläfer mit aufklaffenden Mündern waren. Tully ging auf sein Zimmer im Roosevelt Hotel. Müde und mit steifen Knochen, aber sauber nach einem Bad in einer Wanne voll kühlem grauem Wasser, lief er wieder auf die Straße hinunter, bekleidet mit einem roten Sporthemd und leuchtend blauen Hosen, die die Farbe von brennendem Gas hatten. Er gesellte sich zu einer Gruppe von Männern, die an der im Schatten liegenden Wand des Square Deal Liquors lehnten und aus diskret in Papiertüten steckenden Büchsen und Flaschen tranken. Auf dem Washington Square an der anderen Seite der Straße ruhten scharenweise Männer auf dem Bauch, auf dem Rücken, im Sitzen; einige trugen trotz der Junihitze Mäntel, und ihre verbrauchten Körper lagen reglos im Gras. Die Sonne schob sich tiefer und tiefer durch das Geäst der Bäume, beleuchtete ein Paar reglose Beine, ein grindiges Gesicht, einen ausgestreckten Arm, bis abendlicher Dämmer ihr folgte, die Körper zurückforderte und auch der entfernteste Teil des Parks im Dunkel lag. Billy Tully ging quer über den Gehsteig zu dem Abfallkorb voller leerer Büchsen und warf seine Flasche hinein. Über die Stadt driftete der braune Dunst von Torfstaub, der von den Feldern im Delta herübergeweht wurde.

Er aß gegrillte Hot dogs mit Reis im Golden Gate Café, die Schuhe vergraben in weggeworfenen Papierservietten, jeder Hocker an der langen Theke war besetzt, Geschirr klapperte, die Bedienungen schrien sich zu, der leichenblasse chinesische Koch in heraushängendem Hemd und fleckigen Khakihosen, die sich über senkellosen Tennisschuhen stießen, hackte mit schmierigen Händen Schweinshaxen, fettes Schweinefleisch und Zunge, im rhythmischen Wechsel mit den Schlägen der Fliegenklatsche des anderen Kochs.

Tully rülpste unter den Straßenlaternen in der sich abkühlenden Luft und trieb sich eine Weile in der Menge herum, die an Wagen und Parkuhren lehnte, ehe er zum Harbor Inn weiterging. Hinter der Bar, zwischen die gespiegelten Gesichter in diesem endlosen Zwielicht geklebt, hing ein weiteres Plakat. Wenn Escobar es noch schafft, schaff ich es auch, dachte Tully, aber er wußte, daß er es ohne seine Frau nicht einmal bis in den Trainingsraum schaffen würde. Er spürte den gleichen sehnsüchtigen Zorn wie in den letzten Monaten mit ihr, die gleiche ratlose Überzeugung, daß keiner sich um ihn kümmerte.

Um Mitternacht kämpfte er sich die Treppen zu seinem Zimmer hinauf, dessen Wände mit Blumentapeten in den vergilbten Farbschattierungen alter Hochzeitssträuße beklebt waren. Er zog sich unter der trüben Glühbirne aus und starrte auf die vier Zeitschriften auf der Garderobe: *Eine Stunde mit deiner Bibel, El Centinela y Heraldo de la Salud, Zeichen der Zeit – die prophetische Monatszeitschrift für die Welt, Rauchzeichen – ein berühmter Anthropologe beschreibt, was Rauchen für das Leben vor der Geburt bedeutet.* Wurden sie je von jemandem gelesen? Vielleicht von alten Männern und von Mexikanern ohne Arbeitserlaubnis, die sich nachts nicht auf die Straßen wagten. Und würde er hier alt werden? Würde alles in so einem Zimmer enden? Er setzte sich auf das Bett, und vor ihm an der Wand hing das Bild des Wolfs, der mit gefrorenem Atem auf einem schneebedeckten Hügel über einer erleuchteten Farm stand. Dann überkam ihn die verdrängte abendliche Melancholie. Er saß da, und die Schultern sackten ihm herunter angesichts des beklemmenden Zimmers, angesichts der Unausweichlichkeit, mit der er war, was er war, angesichts dieser äußersten, unüberwindlichen, hoffnungslosen Lähmung in Blut, Fleisch und Knochen. Er hatte Angst vor einer seine Kräfte übersteigenden Krise, und so zog er sich in sich selbst zurück und saß reglos da, während draußen ein Laster mit aufheulendem Motor vorbeidonnerte, bis sich der Lärm in der Ferne verlor. Der blaue und goldene Rahmen, die lange Kordel, die von der Stuckdecke herabhing, die verschossene Goldquaste an ihrem Ende, alles verstärkte den Eindruck, daß er das Bild als Kind schon in irgendeinem Zimmer gesehen hatte. Obwohl es ihn mit Niedergeschlagenheit erfüllte, dachte er nicht daran, es abzunehmen oder die Zeitschriften und Pamphlete wegzuwerfen und das Schild an der Tür zu entfernen, das die Aufschrift trug:

WENN SIE IM BETT RAUCHEN
SAGEN SIE UNS BITTE
WOHIN WIR IHRE ASCHE SCHICKEN SOLLEN

Es kam ihm gar nicht in den Sinn, daß er es hätte tun können, weil er nicht einmal das Gefühl hatte, hier zu leben.

Im Dunkeln legte er sich mit taktilem Spürsinn auf der klumpigen Matratze zurecht. Als es wieder an die Tür hämmerte, fuhr er in der Schwärze hoch und schrie: «Hilfe!»

Draußen auf dem Flur mahnte die heisere Stimme: «Vier Uhr.»

10 Zuversicht, glaubte Ruben Luna, gehörte unabdingbar zum Erfolg, und er hatte sie im Überfluß – genausoviel Vertrauen in sein eigenes Schicksal wie in die Boxer, die er trainierte. Als er selbst noch im Ring gestanden hatte, waren ihm Zweifel gekommen, die zuweilen überhandnahmen und sich zu panischer Angst auswuchsen. Mit gebrochenem und verdrahtetem Kiefer, so daß er nicht sprechen konnte, hatte er Flüssignahrung durch einen Schlauch gesaugt und sich gefragt, ob er eigentlich normal sei. Nachdem er bei einem Kampf schwer zusammengeschlagen worden war und sich nach dem Umziehen Blut in seinem Urin fand, dachte er darüber nach, ob die großen Kämpfe und das große Geld, auf das er immer gewartet hatte, das aber nie eintraf, all das wert seien, was er bereits durchgemacht hatte. Aber nun war Rubens Wille wie ein reines und unbeirrbares Licht, das selbst dann brannte, wenn er schlief. Dieser Wille entsprang eher fatalistischem Optimismus als Zielstrebigkeit, und obwohl Ruben, was seine Boxer anbelangte, nicht frei von Angst war, wußte er doch, daß keine Verzweiflung ihn je erreichen konnte. Da er nun nicht länger der Begrenztheit seiner eigenen Fähigkeiten unterlag, war ihm ein Vorteil in den Schoß gefallen, den er als Kämpfer nie gehabt hatte. Er wußte, daß er es überstehen konnte. Seine Schützlinge allerdings waren weniger verläßlich. Einige trainierten einen Tag lang und blieben zwei weg, kämpften ein einziges Mal und verschwanden, verloren die Kontrolle über ihre Reflexe, kamen zurück, erkämpften sich mühselig wieder ihre Kondition, rangen nach Luft, schlugen ins Leere und wurden geschlagen oder gewannen einige Kämpfe und heirateten, zogen weg, wurden eingezogen, gingen zur Marine oder ins Gefängnis, waren Bluter, litten unter Kopfschmerzen, sahen alles doppelt oder brachen sich die Hände. Es hatte so viele unter ihnen gegeben, die entdeckten, daß sie überhaupt keine Kämpfer waren, und dann gab es die anderen, die ohne Erklärung einfach nicht mehr zum Training erschienen waren und von denen Ruben nie wieder hörte, die er nie mehr zu Gesicht bekam, obwohl in seinen Träumen ab und zu eine vergessene Gestalt kurz auftauchte und er dann seine Instruktionen erteilte, als ob nicht inzwischen Jahre verstrichen wären.

Mit einem passiven, gewohnheitsmäßigen Lächeln arbeitete Ruben daran, ihnen allen etwas von seiner Selbstsicherheit einzutrichtern. Manchmal war es ihm unmöglich, seine Lobeshymnen und Voraussagen, die aus ihm heraussprudelten wie Dankesworte, unter Kontrolle zu halten, und dann wurde ihm klar, daß er übertrieb. Aber er fand, daß ein Boxer jemanden brauchte, der an ihn glaubte, und wenn es stimmte, daß Zuversicht Kämpfe positiv entschied, wie konnte er dann daran zweifeln, daß er mit seinen Übertreibungen nicht genau richtig lag?

Als er Ernie Munger durch einen langen Gang hinunter in die Oakland-Arena führte, überkam Ruben die Vorahnung eines Sieges. Ernie hatte seine letzten drei Kämpfe gewonnen – durch Entscheidung in Watsonville und Santa Cruz, durch K. o. in Modesto, wo sein Gegner in gleichem Maß an sich selbst gescheitert war wie an Ernies Schlägen. Jetzt, unter dieser weitgespannten Decke, in dieser riesigen Menge, bei dieser Veranstaltung, die alljährlich vom Oakland Police Department gesponsert wurde, machte

Ruben sich keine Sorgen mehr. Er dachte einzig und allein daran, wie er wirkte und daß er an Ernies Seite blieb, er achtete auf die Stufen, die er zum Ring emporstieg, und auf die Seile, die er danach auseinanderhielt, wobei er auf dem mittleren saß und das obere für Ernie und Babe hochhob, damit sie darunter durchschlüpfen konnten. Während er geschäftig hin und her eilte, Ratschläge erteilte und Anweisungen gab, war er in Hochform und spürte von neuem das beflügelnde und doch kontrollierte, erregende Gefühl, ganz zu sein, das ihn in regelmäßigen Abständen überkam und in dem er sein wahres Selbst erkannte. Lächelnd tupfte er Vaseline auf Ernies Augenbrauen und verstrich einen Streifen davon auf seiner breiten, eingedellten Nase. Es tat ihm leid, daß sie so entstellt war, aber im Grunde war es für Ernie vielleicht sogar besser, daß er seine Karriere gleich mit einer Nase begann, die er am Ende sowieso haben würde. Zumindest war er dann nicht dadurch abgelenkt, sie zu schützen.

Als das Glockenzeichen kam, stand Ruben außerhalb der Seile direkt hinter Ernie, vor sich einen kleinwüchsigen Schwarzen mit hervorquellenden Augen und einem Irokesenkamm. Dann, als er neben Babe auf den Stufen zum Ring saß, den Kopf in der Höhe von Ernies tänzelnden Füßen, Ernies neuen, goldgesäumten weißen Mantel noch über dem Arm, spürte Ruben einen ersten Anflug von Unsicherheit. Er bemerkte im Eröffnungsschlag des Schwarzen eine Kraft, die nicht zu übersehen, die außergewöhnlich war. Es war ein weit ausholender Haken, unter Ernies Gerader hindurch auf dessen Bauch gezielt. Und während sich in Rubens Kopf sofort strategische Gegenmaßnahmen überschlugen, wurde Ernie unter dem Herzen von einer Rechten getroffen, deren Aufprall man nachhallen hörte. In diesem Augenblick überkam Ruben so etwas wie

Unsicherheit. Obwohl Ernie einigermaßen geschickt manövrierte, hatte das Ganze etwas Vergebliches. Als er beide Handschuhe vorstreckte, um eine Linke abzufangen, langte Ruben in der Tasche seines Pullovers nach der Ammoniakflasche, und ein rechter Schwinger landete mit erschreckender Wucht auf Ernies gesenktem Kinn. Er ging an den Seilen entlang seitlich zu Boden, kippte unter allgemeinem Gebrüll steif nach hinten und landete auf dem Rücken, der Kopf schlug auf dem boden auf, dann folgten die Füße. Seine Augen starrten einen Moment ins Leere, dann schlossen sie sich, während sein Körper steif wurde.

Ruben war schon auf dem Podium und schnitt Ernie mit einer OP-Schere die Schnürsenkel auf, als der Ringrichter anfing zu zählen. Aber er zählte gar nicht zu Ende. Mit einem Armwedeln tat er das Offensichtliche kund und beugte sich hinunter, um den Mundschutz zu entfernen. Ruben kümmerte sich nicht weiter um die Schuhe, duckte sich unter den Seilen durch in den Ring, schnitt die Schnürung der Handschuhe auf und zog sie Ernie von den Händen. Er schnitt kniend die Bandagen weg, als der Ringarzt durch die Seile kam. Der Arzt zog sich die Hose hoch und ging in die Hocke. Mit einem langen bleichen Zeigefinger schob er erst das eine, dann das andere Lid über die braunen, unbewegten Augen hoch, die blicklos in den Kreis der Gesichter hinaufstarrten. Mit zitternden Händen schwenkte Ruben das Ammoniakfläschchen unter der eingedellten Nase hin und her. Babe preßte ein Stück Eis auf Ernies Nacken, zog ihn an den Ohren, und der Ringrichter lockerte das goldene Taillenband an Ernies Bauch, der sich unter verzweifelt schnellen Atemzügen hob und senkte.

Eine Minute mußte vergangen sein. Der Schwarze, jetzt in seinem grünen Mantel, kam an und stand mit seinen

Betreuern neben der ausgestreckten Gestalt, und immer noch hatte sich Ernie nicht bewegt. Seine Beine hatten einen Moment lang gezittert, nachdem er hingefallen war, und das hatte Ruben genauso erschreckt wie die Starre danach. Er war schuldlos, aber er hatte Angst. Er fühlte den gleichen Schwindel wie vor einigen Jahren, als Jaime Guzman im Trainingsraum zusammengebrochen war. Damals traf ihn Schuld, und er hatte die Reue eines Menschen zu tragen, der hundertmal gewarnt worden war und doch darauf bestand, es anders zu machen. Obwohl er sich kaum auf den Füßen halten konnte, erzählte er damals ernst dreinsehenden Ärzten und gleichgültigem Krankenhauspersonal von dem Kopfschutz und den Sechzehn-Unzen-Polstern in jedem Boxhandschuh, erzählte, wie Guzman nach dem K.o. wieder hochgekommen sei und sogar noch schattengeboxt habe, ehe er in den Umkleideraum gegangen sei. Er wiederholte das alles im Wartezimmer Guzmans weinender Frau gegenüber, und nachdem Guzman bei der Operation gestorben war, erklärte er es einem Reporter am Telefon, sagte ihm den Namen des anderen Boxers im Ring, verwies auf die kurze Zeit, die Guzman erst trainierte, beschrieb von neuem den K.o. und erwähnte auch hier den anderen K.o. nicht, der diesem vorausgegangen war, und auch nicht, wie er ihn beschimpft und dazu gebracht hatte weiterzumachen, obwohl er kurz diesen Ausdruck in seinen Augen gesehen hatte – bis er ein zweites Mal zu Boden gegangen war und der Ausdruck in seinen Augen jedem im Trainingsraum klar wurde. Damals dachte Ruben, er sei erledigt, aber er überlegte sich auch, daß Guzman vielleicht in einem seiner Kämpfe bei der Navy verletzt worden war, noch ehe er überhaupt bei ihm auftauchte. Nach der Beerdigung wurde der erste K.o. im Trainingsraum nicht erwähnt, und er widmete sich dem Benefizkampf, von dessen 1600 Dollar Einnahmen zehn Prozent an die Witwe gingen. Langsam wurde er mit der Erinnerung an das Gesicht im Sarg fertig. Mit dem Toupet auf dem geschorenen Schädel war es sowieso niemandem ähnlich, den er je gekannt hatte. Aber jetzt, unter den Ringlichtern, erlebte Ruben die gleiche Angst, und während er mit langsamen Handgriffen Ernies Arme massierte, Schmerz, aber keine Panik im Gesicht, spürte er den hoffnungslosen Wahnsinn, der sein Leben war.

Das Gefühl hielt an, bis Ernies Lider endlich zu zucken begannen. Als er die Augen aufschlug, blinzelte, einmal schief dreinsah und sie wieder schloß, hatte Ruben Mühe, seine Freude zu unterdrücken aus Angst, es könne sich auch hier um einen Irrtum handeln.

«Wie heißt du?» fragte der Arzt im Befehlston, und Ruben hielt Ernie das Ammoniak erneut unter die Nase. Diesmal zuckte er ein wenig zurück. «Das reicht», sagte der Arzt, aber Ruben fand, daß er darin mehr Erfahrung habe, und strich noch einmal mit dem Fläschchen unter den Nasenflügeln entlang. Ernie verzog das Gesicht. Seine Augen zuckten, er blinzelte und versuchte, den Kopf zu heben.

«Wie heißt du?»

Ernie schielte in die Gesichter über ihm.

«Wo bist du?»

«Bin ich k. o. geschlagen worden?»

«Wie heißt du? Sag mir, wie du heißt. Kannst du das?»

«Ernie Munger.»

«In welcher Stadt bist du? Hm?»

«Oakland. Welche Runde haben wir?»

«Es ist vorbei. Wie viele Finger siehst du? Kannst du meine Hand erkennen?»

Als Ernie sich aufsetzte, beugte sich der Schwarze verspätet zu der üblichen sportliche Gesten hinunter, das Gesicht umrahmt von einem weißen Handtuch. «Guter Kampf. Bist du wieder okay?»

Ernie sah ihn abwesend an. Babe stand auf, klopfte dem Sieger auf den Rücken und flüsterte dessen Sekundanten heiser zu: «Wirklich guter Angriffsboxer.»

Nachdem man ihm auf die Füße geholfen hatte, stand Ernie mit einer hochgezogenen Schulter da, während Ruben und Babe ihm den Mantel festzurrten. Die Arme um ihren Nacken gelegt, wurde er mit klaffenden Schuhen den Gang hinauf- und um einen Verkäufer herumgeführt, der «Kaltes Bier!» schrie.

Im Umkleideraum hielt Ruben Eis gegen Ernies Nacken gepreßt und schickte Buford Wills mit Babe allein hinaus in seinen Kampf. «Ich komm nach», sagte er. «Ich bin gleich bei euch.» Er spürte, wie die Minuten verrannen, während er Ernies Körper mit dem Handtuch bearbeitete, ihm in die Kleider half, ihm einen Schluck Cognac aus der Erste-Hilfe-Tasche verabreichte, sich seine Augen ansah und ihm den Mantel um die Schultern legte, weil er frierend auf dem Massagetisch hockte. Er hörte die Glocke, als er ihm den Puls fühlte. «Wie fühlst du dich?»

«Kopf tut weh. Kann ich ’nen Schluck Wasser haben?»

Ruben hörte die Schreie der Menge und spürte, wie ihn der Kampf mit fast körperlicher Gewalt anzog. Er rannte los, um sich die mit schmierigem Klebeband umwickelte Wasserflasche eines anderen Managers zu holen, und als er mit ihr zurückkam, flog die Tür auf, und Babe war wieder im Raum. «Er hat eine Platzwunde!» las Ruben ihm von den Lippen, noch ehe die krächzende Stimme ihm ans Ohr drang, und er stürzte zu seiner Erste-Hilfe-Tasche. Die Wasserflasche noch in der Hand, rannte er an Babe vorbei hinaus in die höhlenartige Arena und, beflügelt von jenem erhabenen und doch heftigen Gefühl, ganz zu sein, eilte er den Gang hinunter auf das in gleißendem Licht liegende Viereck zu, wo Buford Wills, klein und zerbrechlich und schwarz, mit einer dünnen Blutspur im Gesicht, gegen einen tätowierten Mexikaner kämpfte.

11

Einen neuen Strohhut auf dem Kopf kroch Billy Tully sieben Tage lang über die Zwiebelfelder, dann stand er wieder auf der dunklen morgendlichen Straße unter den Scharen von Männern, die von den Bussen zurückgelassen wurden, ätzend wach und mit nichts zu tun zu dieser unmöglichen Stunde, fünf Uhr früh. Die Männer brummten irgendwas von Arbeitskräften aus Mexiko, sprachen über die Konservenfabriken, die noch Leute einstellten, ließen Flaschen kreisen, knieten in Hauseingängen, um unauffällig würfeln zu können, und verschwanden einer nach dem anderen im Licht der Morgendämmerung, die Main und Market Street hinauf, die Center und El Dorado entlang, zurück in die Hotels, auf den Rasen und in den Schatten des Washington Square, in chinesische und mexikanische Cafés und in die Bars, deren Türen sich wieder zu öffnen begannen.

Nachdem er über Kaffee und Eiern die Zeitung gelesen hatte, ging Tully in sein Zimmer zurück, legte sich aufs Bett, schlief eine Weile und nahm dann einen Bus ans andere Ende der Stadt. Zwischen einigen hundert Männern stand er im süß-sauren Gestank dünstender Pfirsiche vor einer Konservenfabrik. Mit Pfirsichkisten und Kartons voller Konservendosen beladene Laster fuhren vorbei. Auf einem riesigen gepflasterten Gelände hinter einem Windschutzzaun schichteten gelbe Gabelstapler Kisten zu scheunengroßen Haufen auf. Vor dem allgemeinen Maschinengebrumm im Hintergrund schepperten glänzende leere

Konservendosen ununterbrochen auf einem Förderband von einem Güterwagen herunter, in dem ein Mann damit beschäftigt war, die Stapel abzutragen und sie mit einer hölzernen Mistgabel auf das Band zu hieven. Ein älterer Aufseher, bewaffnet mit Gummiknüppel und einem großen Revolver, die Hosen bis über den Bauch hochgezogen und mit zitterndem Doppelkinn über seinem zugeknöpften und krawattenfreien Kragen, blockierte die Stufen zum Bürogebäude und ermahnte die Menge, Abstand zum Gebäude zu halten.

«Stellt ihr nun noch ein oder nicht?» wollte Tully wissen, der jetzt, da die Sonne über den Dächern aufstieg, schwitzte und reizbar war.

«Da mußt du schon warten, was die da drinnen beschließen.»

«Die haben doch nichts davon, wenn wir hier rumstehen. Warum kommen sie nicht raus und sagen es, wenn sie uns nicht wollen?»

«Ich weiß sowieso nichts darüber.»

«Dann laß mich durch, damit ich jemand fragen kann.»

«Bleib, wo du bist. Keiner geht in dieses Büro.»

«Und warum nicht? Was glaubst du eigentlich, mit wem du redest?»

«Ich tu nur meine Pflicht. Die haben mir gesagt, laß niemand ins Büro, und deshalb geht keiner da rein, solang ich hier stehe. Alles andere geht mich nichts an.»

«Die stellen bestimmt noch ein», sagte ein Mann neben Tully. «Ich war gestern schon hier, und es hieß, ich solle heute wiederkommen.»

Tully drängte sich durch die Menge nach vorn und stellte sich, Hände auf den Hüften, so hin, daß niemand an ihm vorbeikam. Eines der großen Wellblechtore stand offen. Im düsteren Licht der Abfüllhalle sah man Reihen von

Frauen in Kittelschürzen. Ein Gabelstapler hatte im Eingang eine Palette mit gefüllten Pfirsichkisten abgeladen, und nun löste sich ein Mann aus der Menge, ging auf den Eingang zu und kam mit zwei Pfirsichen zurück. Einige Männer und Frauen taten es ihm nach und kehrten mit Früchten in den Händen zurück, ehe der Aufseher dazwischenging und einem letzten, grinsend kapitulierenden Plünderer die Pfirsiche wieder abnahm. In diesem Augenblick setzten sich zwei Frauen auf die Stufen vor dem Büro. Der Aufseher rannte angriffslustig zurück, Kopf und Becken voraus, das breite Kinn nur noch aus Knochen bestehend, so sehr lappte deren fleischige Fülle nach unten. Die Frauen standen murrend auf, und sein Kopf fuhr wieder herum zu dem offenen Tor, aus dem sich ein weiterer Mann mit einer Handvoll Pfirsiche in die Menge zurückstahl.

«Also, du alter Furzer, stellen sie nun ein oder nicht?» schrie Tully.

«Deine Sorte sowieso nicht. Du kannst auf der Stelle abhauen.»

Eine Sirene ertönte, die Konservendosen hörten auf, aus dem Güterwagen zu rollen, die Frauen im Gebäude traten aus den Reihen, und die Tür des Büros wurde von einem jugendlichen, nüchtern dreinblickenden Mann in einem weißen, kurzärmeligen Hemd und gestreifter Krawatte geöffnet.

«Die Konservenfabrik stellt zur Zeit niemand mehr ein», verkündete er von der Veranda herunter. «Wir haben genug Leute für die Pfirsichernte. Kommt wieder her, wenn die Tomaten reif sind.»

Ein Pfirsich schlug ein paar Meter neben ihm mit einem lauten, saftlosen Knall gegen die Wellblechwand.

«Wer war das?» schrie der Aufseher. Gekicher antwortete ihm. Der Mann auf der Veranda wies darauf hin, daß Pfirsichwerfen keinem zu einem Job verhelfe, und ging ins Büro zurück. Die Menge zerstreute sich, die Leute gingen auf beiden Seiten der Straße davon, einige rannten zu ihren geparkten Wagen, andere blieben auf dem Hof stehen, als ob sie nicht glauben könnten, was sie gerade gehört hatten. Tully ging hinüber zu dem offenstehenden Tor der Abfüllhalle.

«Keine Einstellungen mehr!» schrie der Aufseher.

In dem riesigen, düsteren Raum saß nahe am Eingang ein Mädchen in Jeans und Arbeitskittel auf einer Palette und aß ein Sandwich. Ihr Hals war rund und nach vorne gebeugt, kurze schwarze Locken kräuselten sich in ihrem Nacken.

Der Aufseher kam hechelnd angelaufen. «Keine Einstellungen mehr. Komm wieder, wenn die Tomaten reif sind. Stiehl hier ja nichts von den Früchten.»

Tully nahm sich einen Pfirsich und ging an ihm vorbei ins Sonnenlicht hinaus. Das kleine Stück, das er aus dem Pfirsich herausbeißen konnte, spuckte er aus. Als er ihn gegen die Tür eines Hauses schleuderte, war es, als ob er einen Stein geworfen hätte. Rechts und links der Straße lagen grüne Pfirsiche im Unkraut.

Am nächsten Morgen fuhr er mit einer Busladung Tomatenausdünner mit. Es war eine Schinderei, vor der man ihn oft genug gewarnt hatte, aber man bekam neunzig Cents die Stunde. Auf der Fahrt aus der Stadt wurde nicht gesprochen. Die Männer schliefen. Die, die eine Bank für sich allein hatten, hatten sich hingelegt. Bei Sonnenaufgang waren sie im Delta.

Der Bus holperte im Gefolge eines anderen einen unbefestigten Weg hinunter zu einem rechts und links von Bewässerungsgräben gesäumten Feld. Unter einigem Gestöhne, aber zumeist schweigend kletterten die Männer hinaus in die prickelnde Luft und holten sich Kurzhacken von einem Laster. Dann setzten sie über einen Graben, auf dessen gegenüberliegender Seite ihnen bereits ein Vorarbeiter entgegenschrie, und verteilten sich über das Feld, um die Jätarbeit des vorangegangenen Tages fortzusetzen. Vornübergebeugt hackten sie mit kaum einem halben Meter langen Hacken, kreuzten die Beine und stellten sie wieder nebeneinander und arbeiteten sich so die Reihen entlang.

Tully sah sich um, begriff, was zu tun war, und begann zu hacken, wobei er versuchte, alle halbe Meter eine einzelne Tomatenpflanze stehenzulassen. Es waren Sämlinge, die, überwuchert von frischem Unkraut, Gras und Löwenzahn, je zwei nebeneinander in einer Reihe wuchsen.

«Soll diese Sauerei etwa jäten sein?»

Tully drehte sich zu einem Paar Beinen in sauberem Khaki um. Er richtete sich auf und stand einem schwarzen Schnurrbart und einem Gesicht gegenüber, dessen unmutigem Ausdruck er entnahm, daß es einem Vorarbeiter gehörte. Dann wandte er sich dem Bodenstück zu, das er gejätet hatte: weite, blattlose Zwischenräume, ab und zu von wenigen Pflanzen unterbrochen, von denen einige nun keine Tomaten mehr zu sein schienen.

«Reiß dich zusammen und beweg deinen Arsch, sonst verbringst du den Tag im Bus.»

«Große Scheiße. Als ob mir das was ausmachen würde. Und wenn schon», flüsterte Tully dem sich entfernenden Rücken nach und hätte ihm am liebsten seine Hacke nachgeworfen. Er beugte sich tiefer hinunter, faßte die Hacke näher am Blatt und hackte weiter. Anstelle weit auseinanderstehender Pflanzen ließ er, weil Angst in ihm aufstieg, auf einem Meter gar nichts stehen. Dann faßte er die Hacke direkt hinter dem Blatt an und hackte sorgfältig um die nächste Pflanze herum, entfernte Gras und Unkraut in immer enger werdenden Kreisen, rupfte mit seiner freien Hand, bis die Tomate mit ihren beiden ausgezackten Blättern und ein rotwurzliges Unkraut daneben freigelegt waren; und dann, durch einen einzigen winzigen Schnitt, lagen sie beide am Boden. Schuldbewußt spähte er in die Runde, bevor er die Tomatenpflanze zwischen zwei Erdklumpen geklemmt wieder aufrecht hinstellte. Schon tat ihm der Rücken weg. Der Schmerz begann in der Taille, strahlte über die Hinterseite seiner Schenkel bis in die Sehnen seiner Kniekehlen und das Rückgrat hinauf in die Schultern und den Nacken. Ein Traktor, der eine Scheibenegge hinter sich herzog, kam seine Reihe heraufgefahren, und als Tully sich aufrichtete und beiseite trat, um ihn vorbeirattern und all das gejätete Unkraut unterpflügen zu lassen, zitterten vor seinen Augen winzige durchsichtige Flecken. Er fiel zurück. Bald war er der letzte gebückte Mann, der sich über das Feld bewegte, und der Vorarbeiter, der mit ausholenden Schritten über die Reihen stieg, kam erneut an und drohte mit Rausschmiß. Tully hackte mit verzweifelter Ungenauigkeit weiter, bestürzt durch die Langsamkeit, mit der sich die Sonne bewegte – sie schien stillzustehen. Er war sich nicht sicher, ob sein Rücken das aushalten würde, und es war nicht der Verlust des Geldes oder daß er den Tag über warten oder zurücktrampen müßte, was er fürchtete. Es war die Schande, denn um ihn herum gab es nichts als Flüche, Stöhnen und herausgebellte Beschwerden, die flüchtigen Tableaus von Männern, die sich ruckartig aufrichteten, die Hacken hängen ließen und die Hände auf den Rücken preßten, aber alle unter der gleichen Folter weitermachten – und einige davon waren Saufbrüder, Milchbübchen, Kettenraucher, Weißbrotfresser, vermutlich keiner von ihnen war je Sportler gewesen, aber alle bewegten sie sich gleichmäßig voran, während er mehr und mehr zurückfiel und in panischer Angst vor dem Verlust seiner Willenskraft weiterhackte. Er konnte sich mit diesem unerbittlichen Tag nicht abfinden, er würde gehen müssen, und die anderen waren seiner Ansicht nach Idioten, wenn sie das aushielten. Ihn mitgerechnet waren nur drei Männer in den beiden Bussen Weiße.

Er konnte sich zu nichts weiter entschließen, als die nächsten paar Zentimeter zu jäten, bevor er die Hacke fallen ließ. Mühselig richtete er sich auf und starrte mit verschwommenem Blick durch die vertrauten fließenden Muster, die nun schon so lange seinen Augen eingegraben waren, in den blauen Himmel hinauf. Er atmete tief durch, streckte sich, beugte sich wieder über die Reihe, ging in die Hocke, kniete sich hin, kroch weiter, rappelte sich hoch, und nie hörte der Schmerz in seinem Rücken auf. Er hielt bis zum Mittag durch, bis zu der unglaublich erlösenden halben Stunde. Zehn Minuten davon verbrachte er in einer Schlange vor einem Lieferwagen, um sich mit Bohnen und Kartoffeln gefüllte Tortillas und eine Pepsi-Cola zu kaufen.

«Mein Gott, macht's dir denn gar nichts aus, wo du ißt?» fragte einer der beiden Weißen, die an ihm vorbeigingen. Er lag unter einem Pfefferbaum inmitten einer Wolke surrender grünglänzender Fliegen, die von etwas angezogen wurden, das sich, wie er jetzt bemerkte, direkt neben ihm befand. Er hatte gedacht, der Geruch rühre von seinen Tortillas her. Mit einem Anflug von Verlegenheit stand er auf, stieg in einen der Busse – der glühendheiß und voller Schwarzer war – und setzte sich neben einen Mann, der nach Sloan's Einreibemittel stank.

Tully schlief fast ein, während er die letzten Bissen seiner Tortillas aß, aber die Männer sprangen schon wieder aus dem Bus und griffen sich ihre Hacken. Er folgte ihnen und fand sich mit den Schwarzen am einen Ende des Feldes. Mit geschwollenen Gliedern und schmerzerfüllt beugte er sich wieder über eine Reihe. Er schlurfte seitlich voran, stellte die Beine über Kreuz und wieder nebeneinander, die Kurzhacke hob und senkte sich, und er schuftete mit der Verzweiflung eines Verdammten weiter, das Instrument, mit dem er gequält wurde, in der eigenen Hand. Von allen verhaßten Arbeiten, die er je verrichtet hatte, war dies hier die schlimmste Plackerei, sie war unglaublich, und es schien langsam so auszusehen, als ob es seine Zukunft wäre, als ob dies nun wirklich Arbeit war, etwas wovor er sich immer gedrückt hatte und der er nun, da seine Frau ihn verlassen hatte, nie mehr entkommen würde. Und es schien gerecht zu sein, er verdiente nichts Besseres für die Scheiße, die er aus seinem Leben gemacht hatte. Aber er spürte auch, daß er es keine einzige Stunde länger aushalten würde. Er spürte, daß sein Leben endgültig stillzustehen begann und daß es nirgends mehr einen Ausweg gab. Die Hand auf dem Rücken richtete er sich auf und warf einen verschwommenen Blick auf all die gebeugten Männer, die sich Zentimeter für Zentimeter die Reihen entlangschoben, und er spürte, daß seine weiße Hautfarbe keinen Unterschied mehr machte. Sein Leben verwischte sich mit diesen zahllosen anderen Existenzen, die Stunde um Stunde mit dem Aufscharren der elenden Erde in Knechtschaft vergeudet wurden.

«Nennst du das hier Leben?»

«Na ja», antwortete der Mann, neben dem er beim Essen gesessen hatte. Obwohl er noch jung war, schien er sämtliche Zähne verloren zu haben, und immer wieder kam Tully der Geruch seines Einreibemittels in die Nase.

«Und wie lang dauert es, bis man sich an diese Scheiße gewöhnt?» fragte Tully und ärgerte sich über das hämische, hilflose Gelächter der hackenden und dahinschlurfenden Männer.

«Was 'n Mann will, was 'n Mann *braucht*, is 'ne Frau mit 'nem guten Job.»

«Das hab ich gehabt», sagte Tully. «Aber sie hat mich verlassen.»

Wieder war da das irritierende Gelächter. Tully hackte schweigend weiter und hörte einer flachsigen Diskussion über Scheidungen zu, etwas, das alle um ihn herum hinter sich zu haben schienen.

Wind kam auf. Einige der Männer auf dem Feld maskierten sich mit Tüchern, wie Banditen, und die, die mit Schutzbrillen auf ihren Strohhüten angekommen waren, setzten sie auf. Der Torfstaub trieb in Schwaden über das Feld, und das Blau des Himmels verblaßte unter grauem Dunst, durch den die Sonne nur noch schwach leuchtete wie der Deckel einer Konservendose. Tully zwang sich voran, und die anderen ließen ihn immer weiter hinter sich. Schwindlig, die Sehnen in den Kniekehlen geschwollen und steif, richtete er sich auf und beobachtete den Vorarbeiter. Er stolperte über die Erdklumpen hinweg zu der Wasserkanne auf dem Jeep, der langsam die Reihen hinauffuhr und zwischen den Männern stehenblieb, und er trank lange aus dem klebrigen Blechbecher. Wegen Trödelns verwarnt, hinkte er fluchend zurück. Selbst seine Augen schmerzten von der Anstrengung des Bückens. Er fiel weiter und weiter zurück; die Stimmen der Schwarzen wurden leiser, verwehten im Wind.

Die Sonne begann zu sinken, die gebückten Männer bewegten sich über die schwarze Erde voran. Tully dachte an nichts mehr, er war ausschließlich mit dem Schmerz, dem Hacken und Visionen vom Zeitschinden befaßt. Als er einen Mann zum Feldrand laufen sah, stand er auf und ging hinüber zu dem Vorarbeiter, der der Sache nicht traute, aber seine Erlaubnis gab. In dem hohen Gras neben einem Bewässerungsgraben hockte sich Tully einen friedvollen Augenblick lang hin.

Als eine weiße Limousine ankam und eine lange Staubfahne hinter sich aufwirbelte, lag Tully auf einen Arm gestützt im Dreck und hackte verbissen. Er begriff nicht, daß die Ankunft des Wagens den Feierabend ankündigte, bis einige aus der Crew über die Reihen zu setzen begannen und unglaublich schnell auf den Wagen zurannten, an dessen Kotflügel jetzt ein Mann mit einer kleinen grünen Geldkassette lehnte.

«Will jemand was einkaufen?» fragte der Fahrer auf der Rückfahrt nach Stockton. Und so schepperten leere Dosen und Flaschen auf dem Boden herum, als der Bus mit seinen schweigenden, reglosen Passagieren in der sonnenbestrahlten Stadt eintraf.

«Mich seht ihr hier nie wieder», verkündete Tully, und er schwankte, nach hinten gelehnt, den Strohhut in die Stirn geschoben, die Straße zu seinem Hotel hinauf, und seine Finger entdeckten ganz neue Muskelstränge in seinem geschundenen Rücken.

Aber sie zahlten neunzig Cents die Stunde, und zwei Tage später hielt er wieder eine Kurzhacke in der Hand.

12

Ich komm schon nicht zu kurz, versicherte sich Ernie Munger in der Tankstelle auf der Center Street unter dem mottenumschwirrten Flutlicht. Aber trotzdem spürte er ein Unbehagen, etwas Undefinierbares fehlte. Er rief Faye an, und manchmal legte er den Hörer nicht weg, wenn ein Auto über das dünne schwarze Kabel zwischen Büro und Säulen fuhr, redete weiter mit ihr, während es wartete, und beschwerte sich, wenn er das Klingeln beim Wegfahren hörte, der Kunde habe ihm gar keine Chance gegeben, das Büro zu verlassen.

«Hast du heut abend viel zu tun?» fragte Faye dann, und irgendwie hörte er einen eindringlichen, besitzergreifenden, mütterlichen Ton heraus, fühlte Widerstand in sich aufsteigen und hatte keine Lust mehr. Zu anderen Zeiten klang ihre Stimme fröhlich und unabhängig, und dann spürte er, daß er verliebt war.

Wenn er frei hatte, wartete er, den Arm im Kino um sie gelegt, ungeduldig auf den Höhepunkt des Abends im Wagen. Aber sobald er sie anfaßte, bekam sie schlechte Laune, und danach war sie verspannt, bockig und bedrückt.

«Was ist los?» fragte er sie eines späten Abends auf einem Deich, inmitten von Grillengezirpe, Froschgequake und nahem Blättergeraschel.

«Nichts.»

In der Ferne überstrahlte die rote Neonreklame auf Stocktons zwölfgeschossigem «Wolkenkratzer» alle anderen Lichter der Stadt; eine Zeile nach der anderen flammte auf.

CALIFORNIA
WESTERN
STATES
LEBENS-
VERSICHERUNG

«Geht's dir nicht gut?»

«Ich bin okay.»

«Ist irgendwas nicht in Ordnung?»

«*Nein*, hab ich doch schon gesagt.»

«Warum bist du dann so sauer?»

«Ich bin nicht *sauer.*»

«Okay.»

«Ich kann doch auch mal nichts sagen, wenn ich Lust dazu habe, ohne daß alle sich gleich aufregen!»

«Du bist die einzige, die sich aufregt.»

«Dann geh. Wenn ich mal schlechte Laune hab, ist das mein gutes Recht.»

«Schon gut, ich hab kapiert. Aber glaub bloß nicht, daß ich nicht weiß, was los ist. Ich bin ja nicht blöd. Ich weiß, was es ist. Vielleicht brauchst du einfach jemand, der mehr bringt.»

«Das ist es nicht.»

«Du kriegst einfach nicht das, was du brauchst. Ich merk das doch, tut mir ja leid, ich bin nicht blind.»

«Ich krieg, was ich brauche. Wirklich. Das ist es gar nicht.»

«Aber es ist nicht das, was du brauchst.»

«Doch. Es ist gut, wirklich. Es ist das richtige. Jetzt reg dich nicht auf. Das ist es gar nicht. Ich fühl mich nur manchmal ein bißchen verloren.»

«Du meinst, du bist sauer?»

«Nicht sauer. Ich mach mir nur manchmal Sorgen, das ist alles.»

Ernie überkam eine düstere Vorahnung. «Warum?»

«Du weißt, warum.»

«Wir haben doch aufgepaßt.»

«Du hast aufgepaßt. Wenn ich aufpassen würde, wär ich gar nicht erst hier. Du heiratest mich doch jetzt nicht mehr, das weiß ich genau. Männer heiraten keine, mit der sie geschlafen haben.»

«Tun sie doch. Tun sie doch andauernd. Von was redest du eigentlich?»

«*Du* tätest es nicht.»

Gefangen zwischen Vernunft und Selbstsucht, zwischen der Angst, sich festzulegen, und der Angst, seine Rechte auf sie zu verlieren, antwortete er bedrückt: «Tät ich doch.»

«Wann?»

«Na ja, wenn wir beide soweit sind. Wir sollten uns jetzt nicht in irgendeinen Schlamassel stürzen, wo wir uns doch sowieso haben.»

«Möchtest du nicht jede Nacht mit mir zusammensein?»

«Doch. Vielleicht könnt ich mir einen Tagesjob suchen.»

«Das meine ich nicht.»

«Ich bin wohl einfach noch nicht soweit. Ich glaub, ich brauch erst noch 'n paar Kämpfe», hörte er sich sagen. «Ich bin einfach noch nicht soweit zu heiraten.»

«Ich hab dir keinen Antrag gemacht. Das würd ich nie tun. Ich will keinen, der mich nicht will.»

«Ich will dich aber.»

«Das mußt du selber wissen. Ich würd mich dir nie aufdrängen. Du mußt mich nicht heiraten, wenn du nicht willst. Außerdem hab ich das gar nicht gemeint. Ich meine, was wär, na ja, wenn du eingezogen würdest oder so, was soll ich dann tun? Soll ich auf dich warten? Wär dir das recht?»

«Ja, natürlich», sagte Ernie, weil ihm das harmlos zu sein schien und ihn außerdem die Vorstellung ärgerte, irgendein anderer könnte sie haben.

«Also, ich frag das nur meinetwegen. Du brauchst dich nicht verpflichtet zu fühlen.»

«Nein, tu ich nicht, wirklich nicht», versicherte er.

«Und was heißt das, wenn du noch einige Kämpfe hast? Was hat das mit uns zu tun? Was macht das aus? Was willst du dann machen?»

«Ich glaub, dann hätt ich gern jemand, ich meine, es sollte irgendwie einen Sinn haben, wenn ich mir den Arsch aufreißen lasse... vielleicht könnt ich dann... ach, ich weiß nicht... ein Heim haben. Aber zuerst will ich was werden», sagte er ohne große Überzeugung und voller Angst vor dem, auf was er sich da einließ.

«Ich will dir nicht im Weg sein. Ich würd gern gut für dich sein.» Sie legte ihre Finger an seine Wange, ihre Augen waren nur noch schwarze Höhlen im schwachen Licht der Sterne. «Ich würd gern für dich kochen.»

Das erfüllte ihn mit panischer Angst. Einer solchen Hingabe, einem solchen Opferwillen gegenüber war eine Abweisung undenkbar, und kleinlich herumzustreiten wäre eine unvorstellbare Grausamkeit gewesen. Zutiefst gerührt küßte er den gleichmütig wartenden Mund mit einem Gefühl größter Verzweiflung.

Später, auf der Veranda vor ihrem Haus, schien sie ihm so bezaubernd, so anmutig, ihre vollen Lippen lächelten so zärtlich, daß er sich nicht umdrehen und heimgehen konnte. Aufgrund dessen, was er zwangsweise im Wagen gesagt hatte, lagen so viele Widrigkeiten, so viel Unsicherheit vor ihm, daß diesem Augenblick der Nähe eine flüchtige Süße anhaftete. Er würde sie nicht heiraten, also würde sie ihm nicht mehr lange gehören. Irgendwann würden Bedingungen gestellt werden, mit denen er nicht mehr einverstanden sein könnte. Er mußte das, was jetzt war, wie eine Erinnerung genießen. Das jetzt war Faye, es war ihre Zeit, sie würde bald vorüber sein. Ihre Gegenwart, ihre Stimme, der Geschmack ihres Mundes würden durch irgendeine andere ersetzt werden und für immer verlorengehen. Vielleicht würde es auch gar keine andere nach ihr geben, und er wäre wieder allein mit seiner Begierde. Er würde sie nicht heiraten und spürte so eine selige Befreiung seiner Liebe, eine Beschwingtheit, die ihn ihr durch die Tür zu einem letzten Kuß nachtrug, der nicht der letzte war, sondern der erste eines fiebrigen Abschieds mit hochgeschobenem Rock und seiner kleinen Blechdose vergessen im Handschuhfach des Wagens. Er saß auf den teppichbelegten Stufen zu dem Zimmer, in dem, wie er hoffte, ihre Eltern schliefen, und zog sie auf seinen Schoß herunter.

Hinterher war Ernie nachdenklich. Stürmische, torfstaubdurchfegte Tage lang wartete er voller Unbehagen. Nach einem Monat fuhr er Faye zum Arzt, saß im Wagen, wußte die Antwort im voraus und spürte einen seltsamen Frieden in sich aufsteigen. Er würde aufhören zu boxen. Er konnte diese Risiken jetzt einfach nicht mehr eingehen. Er brauchte keine Entscheidung zu treffen. Es kam ihm gar nicht in den Sinn, sie sitzenzulassen, und er blieb eigenartig ruhig. Es gab nur eines zu tun. Sie heirateten in der Little Chapel of the Wayfarer in Carmel, die Braut trug ein weißes Kleid, der Bräutigam war, mit ausdruckslosem Gesicht, in Sportjackett und Hose erschienen. Nach einem Dinner am Kai von Monterey, wo sie Schwertfischsteak aßen, benachrichtigten sie telefonisch ihre Eltern, dann mieteten sie sich in einem Motel unter Zypressen ein. Zwei Nächte später schliefen sie in Fayes Zimmer.

In der zweiten Nacht, in der Ernie wieder arbeitete, wartete sein Chef, Mario Florestano, an der Tür der Tankstelle auf ihn. Die Größe seines wachsamen Gesichts wurde durch ausfallendes Stirnhaar, lange Ohren, einen kurzen Hals und schmale Schultern unterstrichen.

«Du hast das Scheißhaus offengelassen», sagte er.

Ernie, um Haltung bemüht, sah ihn verwirrt an. «Wirklich? Ich dachte, ich hätt es abgeschlossen.»

«Bestimmt nicht. Soll ich dir sagen, was ich heut morgen gesehen hab, als ich hier angekommen bin? Einen Penner, der aus dem Scheißhaus kam und sich die Taschen mit Klopapier vollstopfte.»

«Ich könnt schwören, daß ich es abgeschlossen hab.»

«Hörst du mir eigentlich nicht zu? Ich hab gesagt, daß ich gesehen hab, wie er *rausgekommen* ist. Was ich wissen will, ist, wie er reingekommen ist.»

«Weiß ich nicht.» Ernie zupfte nachdenklich an seiner Nase. «Ich könnte schwören, also ich erinnere mich, daß ich nachgesehen hab, bevor ich gegangen bin.»

«Du hast nicht nachgesehen. Die Tür war offen. Wie soll er denn reingekommen sein und das Klopapier geklaut haben? Hat er vielleicht einen Schlüssel gehabt?»

«Weiß ich nicht, vielleicht hat er einen gehabt. Ich erinnere mich wirklich nicht, daß ich die Tür offengelassen hab.»

«Vergiß es, vergiß es, ich hab nie was gesagt. Hör bloß auf damit. Schwamm drüber.» Florestano stürmte unter den herabhängenden Keilriemen nach draußen, drehte sich abrupt um und kam zurück.

«Wenn du's nicht zugeben willst, vergiß es. Er ist reingekommen, und er hat das Klopapier geklaut, und Streiten bringt es auch nicht zurück. Also, ich will dir das nicht unterschieben, wenn du's nicht zugeben willst. Ich will bloß, daß du dir über deinen Fehler klar wirst, damit so was nicht noch mal vorkommt.»

«Ich würde es zugeben, wenn ich's getan hätte.»

«Das glaub ich dir ja.»

«Wenn Sie mir die Schuld zuschieben wollen, bitte.»

«Mein Gott, darum geht's doch nicht. So was kann ja passieren. Ich wollte es dir nur sagen. Niemand will auf ein Klo, auf dem ein Penner war. Man muß an die Leute denken. Alles Öffentlichkeitsarbeit. Mir persönlich ist das doch egal. Ich mach da keinen Unterschied, solang jemand zahlt. Aber es gibt Leute, die da anders drüber denken. Also, wenn dich so ein Penner nach dem Schlüssel fragt, ist das Scheißhaus nicht benutzbar. Und deshalb bleibt die Tür zu.»

«Sie *war* zu.»

Mario Florestano sah ihn lange an. «Na, und wie ist das Eheleben?»

Als er seinen Dienst antrat, streute Ernie Sägemehl auf den Boden der Werkstatt, verteilte es mit einem langstieligen Besen, schaufelte es, als es schwarz von Öl war, zusammen und schüttete es in eine Tonne voller leerer Öldosen. Er wischte das Regal ab, auf dem das Schmieröl stand, säuberte das Werkzeug und hängte es an seinen Platz zurück, dann schlenderte er zu den Wagen hinaus, die Daumen in die Hosentaschen gesteckt. Als die Straßenlaternen aufleuchteten, ging er zum Schalter, und die Nachtluft vibrierte unter den großen weißen Flutlichtstrahlern.

13

Die El Dorado und Center Street entlang, zwischen Mormon Slough und dem Tiefwasserkanal, lungerten an den warmen Sommerabenden Hunderte von Landarbeitern und Arbeitslosen herum. Sie redeten, schauten, ließen sich in überfüllte Bars und Spielhallen, Cafés, Billardsalons, Schnapsläden und Kinos hinein und wieder heraus treiben, und passierten dabei Urinspuren aus dunklen Hauseingängen. Streifenwagen und grüne Minnas, aus denen paarweise Gesichter herausspähten, kreisten um das Viertel. Wer umkippte, herumtorkelte oder zu Gewalt griff, wurde abtransportiert. Von Polizisten gelenkte Ambulanzen fuhren vor. Die Feuerwehr kam, und durchnäßte, qualmende Matratzen wurden auf den Gehsteig hinausgeschleppt. Wanderprediger mit kleinen Blaskapellen trafen ein. Manchmal wurde eine Leiche aus einem Hotel fortgeschafft. Ab und zu beklagte ein Leitartikel im *Stockton Record* diesen Schandfleck.

An dem Morgen, als die orangefarbenen städtischen Wagen am Washington Square vorfuhren, saß Billy Tully auf dem Rasen. Der Park war ein Rechteck aus Gras und schattenspendenden Bäumen, umrahmt von großen Dattelpalmen mit hohen dünnen Wedeln und begrenzt auf der einen Seite vom prunkvollen First der Confucius Hall und gegenüber vom schiefergedeckten Turm und dem roten Klinkerbau der Saint Mary's Church.

«Was haben die denn vor, den Rasen mähen?» sagte er,

als die drei Fahrzeuge eingeparkt hatten und die Arbeiter ausstiegen.

«Vermutlich Abfall sammeln», sagte ein Mann mit sonnengebräuntem, faltigem Gesicht, der neben ihm im Schatten saß.

Ketten klirrten, Ladetüren wurden heruntergelassen, Werkzeuge von Pritschen gehievt. Die Arbeiter betraten den Park mit Äxten und Kettensägen.

«Muß sich um 'nen kranken Baum handeln», sagte Tully, und ein Mann mit Schorf auf dem Nasenrücken verkündete:

«Baumdoktoren. Bestimmt ein kranker Baum.»

Die letzte Busladung zu den Feldern war bereits vor Stunden abgegangen. So an die vierzig Männer lagen auf dem Rasen, ausgemergelte Penner in Überziehern und Landarbeiter in aufgekrempelten Hemden, die keine Arbeit gefunden hatten. Zwei Männer und eine Frau in einem Overall erhoben sich unter dem Baum, vor dem die Arbeiter stehenblieben.

«Baumdoktoren», schrie der Mann mit dem Schorf auf der Nase, als die erste Kettensäge angeworfen wurde. Aufheulend und stotternd wie ein Außenbordmotor fraß sich die Säge in den Baum. Im gleichen Augenblick heulte am anderen Ende des Parks eine zweite Säge auf. Seile wurden in die Kronen der Bäume geworfen, Sägemehl stäubte umher, die Bäume schwankten, kippten, brachen um und landeten mit aufstiebenden grünen Blättern und knackenden Ästen. Die Männer erhoben sich, trotteten davon, und die Bäume, unter denen sie gelegen hatten, krachten einer nach dem anderen zusammen. Billy Tully blieb, auf die Ellbogen gestützt, die Beine flach auf dem Rasen ausgestreckt, sitzen, bis die Crew an seinem Baum ankam. Er erhob sich mit den übrigen, mißmutig und schimpfend, und war schon im Weggehen, als ein Arbeiter ihnen etwas nachrief.

«He, nehmt euren Kumpel hier mit.»

Einer der Männer war zurückgeblieben, er rührte sich nicht und reagierte auch nicht auf Fußtritte.

«Das ist nicht mein Kumpel», sagte Tully.

«Er wird bald niemand mehr zum Kumpel haben, wenn er sich nicht hier wegbewegt.»

«Das ist euer Problem.»

«Er atmet», sagte der andere Arbeiter.

Der Mann wurde an Knien und Schultern hochgehoben, sein Kopf hing zur Seite, sein Mund stand offen, seine unbestrumpften Füße und die dünnen weißen Schienbeine baumelten in der Luft. Er wurde hin und her gezerrt, seine Beine wurden fallen gelassen, und schließlich schleifte er auf dem Hintern über den Boden, während der Mann, der ihn unter den Achseln gepackt hielt, rückwärts stolperte. Wieder lag er auf dem Rücken. Fluchend packten die beiden Arbeiter den schlaffen Körper ein weiteres Mal und schleppten ihn aus dem Schatten.

Tully kehrte in die Hitze seines Zimmers zurück. Barfuß und ohne Hemd lag er auf dem Bett, las ein Männermagazin und döste im Gekreisch der Sägen einen Häuserblock weiter ein. Den ganzen Tag ging es so. Nachmittags, als die Landarbeiter von den Farmen zurückkamen und Tully sich zum Park aufmachte, waren alle Bäume gefällt. Ein Großteil der Stämme war in Teile zersägt worden, und das Laub war größtenteils verschwunden. Im Park lagen – auch nachdem in den nächsten Tagen die Stämme, Äste und Stümpfe entfernt und die kahlen Stellen frisch eingesät worden waren – weiterhin reihenweise Männer im kärglichen Schatten der Palmen und in der gleißenden Sonne.

14

Ernie und Faye Munger zogen in drei Zimmer im Parterre eines alten dreistöckigen Mietshauses, das mit weißen Schindeln verkleidet war. Von der Küche aus schaute man auf Abfalleimer und Liegestühle in einen Hinterhof, den eine Hecke abschloß, und manchmal klirrte das Geschirr im Schrank von einem leerlaufenden Motor in einer angrenzenden Garage. Fayes Mutter, die ununterbrochen lächelte und alles mit Ausrufen kommentierte, während sie ängstlich die grünen Augen aufriß, kam vorbei und hängte Vorhänge auf. Sie behandelte Ernie mit verlegenem Respekt, und ihre Enttäuschung zeigte sich in langen Seitenblicken; er sprach mit ihr in einem höflichen Schwiegersohn-Ton, der sie von seinen außergewöhnlichen Qualitäten überzeugen sollte.

Im Dunkel der Vorhänge schlief er bis tief in den Morgen hinein, und wenn er aufwachte, sah er, daß Faye, der es oft übel war, bereits aufgestanden war und sich angezogen hatte, und so waren seine Morgen nicht die Zeiten voll sinnlicher Trägheit, die er sich vorgestellt hatte. Abends telefonierte er von der Tankstelle aus, und wenn Faye nicht abnahm, rief er bei ihren Eltern an, wo er sie unfehlbar erreichte. Das anschließende Gespräch wurde von Kunden unterbrochen, und der Hörer lag auf dem Kassentisch, während er mit einem nassen Lappen über Windschutzscheiben wischte und entschied, ob ein Ölmangel erwähnenswert war, oder den Kühler überprüfte, das Auffüllen des Kühlwassers aber auf ein andermal verschob. Bis er dann abgeschlossen hatte und nach Hause gefahren war, schlief Faye normalerweise. Sie liebten sich in der Hitze des Tages.

Oft kam Fayes Freundin Norma Panelli zu Besuch, die mit Faye in der Küche die Geschicke verschiedener Paare besprach, wobei die Stimmen der Mädchen manchmal zu einem Flüstern absanken. Ernie unterhielt sich wenig mit Norma, um zu verhindern, daß sie zu bald wiederkam.

Mit der eng an ihn geschmiegten Faye fuhr er zwischen den flachen heißen Feldern nach Lodi, Tracy oder Modesto und wieder zurück. Er warf sie in das Schwimmbecken im Oak Park, schwamm unter Wasser mit geilen Fingern auf sie zu, machte Handstand, so daß nur seine langen weißen Füße aus dem Wasser schauten, sprang vom hohen Sprungbrett, klatschte mit dem Bauch voran vom niederen und legte sich mit vor Chlor stechenden Augen keuchend neben sie auf den heißen nassen Zementboden. Wenn sie vom Schwimmbecken zu den Umkleidekabinen ging, drehte nicht nur er sich nach ihr um. Wenn sie von diesen Schwimmausflügen heimkamen, war er oft übelgelaunt und schweigsam. Eines Nachmittags nahm ihnen ein Wagen die Vorfahrt, und der Fahrer drehte sich nach Ernie um, während der mit seinem Mittelfinger herumfuchtelte und ihm über die Kreuzung hinweg Flüche nachschrie.

«Sei lieber vorsichtig», warnte ihn Faye.

«Wegen dem? Das ist doch ein kleiner Scheißer!»

«Hör auf damit. Er kann dich sehen.»

«Soll er doch. Wäre besser, wenn der sich in acht nimmt.»

In der Wohnung fuhr Ernie fort, über den Vorfall zu brüten, und dachte immer wieder: Wen glaubt sie eigentlich hat sie geheiratet? Und es schien ihm, als ob sie ihn weder kennen noch respektieren würde, als ob sie gerade vom Wichtigsten in seiner Persönlichkeit nichts wissen wollte.

Am nächsten Tag fand er den Vorfall nicht mehr so wichtig. Sie war schließlich nur ein Mädchen, sie konnte gar nicht wirklich begreifen, wer er war. Er vergab ihr, denn ihr Unverständnis bewies ja gerade, daß er nicht war wie alle anderen. Es genügte, daß sie das an ihm liebte, was sie begriff; das andere brauchte von keinem Menschen was. Ist mir scheißegal, war sein Motto. Er wollte kein Verständnis, sondern nur, daß sie begriff, daß er anders war als alle, die sie vor ihm gekannt hatte. Aber es war, als ob sie gerade das, was ihn unterschied, nicht sehen könne. Manchmal, wenn er neben ihr im Bett lag und auf ihren Atem horchte, überkam ihn die Furcht, daß nach der Heirat der Tod das nächste größere Ereignis sein würde.

Manchmal war er in Hochstimmung. Er überhäufte sie dankbar mit leidenschaftlichen Ausbrüchen, und seine Energie nahm zu, während ihre sich erschöpfte. Beim Essen zappelte er mit den Füßen. Mitten in einem Gespräch konnte er sich plötzlich auf den Boden werfen und Liegestützen machen.

«Du bist schrecklich nervös», sagte Faye, als Ernie einmal konzentriert den Kopf hin und her rollen ließ und nebenbei mit großer Gründlichkeit eine rohe Karotte zerkaute. «Wenn du dich entspannst, entspannst du dich richtig, aber wenn du bloß so dasitzt, bist du dauernd in Bewegung.»

«Ich mach Übungen», erklärte er mit knackendem Kiefer. «Die meisten Leute vernachlässigen ihren Nacken.»

«Es ist nicht bloß das. Schau dir doch an, wie du kaust.»

«So kriegst du das meiste aus 'ner Karotte raus.»

Er war aufgekratzt, er war guter Laune, und doch sah

er sie zuzeiten lange an, als ob er sie, durch schiere Konzentration, endlich, wenn auch nicht für immer, in den Griff bekäme. Er streckte die Hand aus und berührte sie, noch immer erstaunt darüber, was ihm alles erlaubt war. Er vergrub sein Gesicht in ihr, erforschte sie, untersuchte sie, drehte sie von einer Seite auf die andere. Sie ist frei geworden durch mich, sagte er sich und wurde doch manchmal von einer eigenartigen, qualvollen Erregung erfaßt, und dann fragte er sich, ob wirklich er der Urheber dieser Freiheit war.

«Ich will dich, keine andere», verkündete er.

«Ich will auch nur dich», antwortete sie.

Aber für Ernie veränderte sich nichts. «Ich mein das ernst.»

«Ich auch.»

«Ich meine, nie.»

«Ich meine auch nie.»

Und er überlegte, ob sie von sich aus darauf gekommen wäre, wenn er nicht damit angefangen hätte. Oft sagte sie ihm, daß sie ihn liebe, aber es genügte nicht, selbst wenn es stimmte. Sie mußte andere vor ihm geliebt haben, und wo waren sie jetzt? Sie hatte ihn geheiratet, aber hatte sie die Wahl gehabt? Was, wenn sie ihn nie getroffen hätte? Wäre alles mit einem anderen genauso abgelaufen? Als sie eines Tages mit seinen Haaren herumspielte, sie scheitelte und sie an beiden Seiten nach unten kämmte statt nach oben und zum Hinterkopf hin, spürte er, daß er nicht der Mann war, den sie wollte, und achtete sie geringer wegen ihres schlechten Geschmacks.

Allein im Schlafzimmer, schattenboxte er vor dem Spiegel, aber er hatte keine Lust, in den Trainingsraum zurückzugehen. Das kam ihm inzwischen alles unrealistisch vor – er hatte nicht mehr die Zeit dazu. Obwohl er bereits

Stunden, bevor er zur Arbeit ging, aufgestanden war, kam er gewöhnlich trotzdem zu spät, weil er sich erst dann von Faye lösen konnte, wenn er wirklich überstürzt loshasten mußte.

Er brütete vor sich hin, er war verliebt. Eines Tages beim Lesen bemerkte er, daß vor seinen Augen etwas herumwirbelte wie ein winziger Sturm und ertappte sich dabei, daß er sich wie verrückt die Kopfhaut massierte. Er schlief zukkend und sich windend ein und träumte, er werde unvorbereitet und überstürzt zu einem Kampf gefahren, den er vergessen hatte. Er sah niemanden aus dem Lido Gym, und Ruben Luna rief nicht ein einziges Mal an, obwohl Ernie das befürchtet hatte. Ein Gefühl von Sicherheit, Bequemlichkeit und Überfluß ergriff von ihm Besitz. Mit Faye zusammenzusein, zu arbeiten, zu schlafen, sie zu lieben und nichts anderes tun zu müssen, war eine Art Gnadenfrist, ein gestundetes Privileg. Manchmal überlegte er, ob er sich verlor.

Wenn Faye badete, seifte er sie ein und fühlte sich begünstigt. Wenn er sie abtrocknete, liebkoste er sie voller Bewunderung. Ihr kleiner, kompakter Körper zeigte noch keine Anzeichen einer Schwangerschaft; ihr Bauch war flach, nur ihr Becken neigte sich etwas nach hinten, eine ganz leichte Schräge, die vom Nabel bis zu dem Busch schwarzer Schamhaare reichte. «Du bist toll in Form», sagte er, «aber viel zu offen.» Und er ging in Kampfstellung und gab ihr einen leichten Schlag auf den Bauch. Zuerst reagierte sie mit einem nachsichtigen Lächeln, bald jedoch mit Ungeduld, und einmal rief sie mit in die Seiten gestemmten Händen: «Nein», und ihre schweren Brüste mit den dunklen dicken Brustwarzen hingen ungleich groß vor seinen Fäusten. Verletzt wandte er sich ab und hielt sie für humorlos. Daß sie sich bereits mit ihm langweilte, meinte er daraus schließen zu können, daß sie sich manchmal dem täglichen Sex entzog. Er fragte sich, ob er wirklich ihre Bedürfnisse erfüllte. An einem dieser Tage machte er zweihundert Klappmesser hintereinander.

Der Sommer verging. Sorgen und Geilheit wechselten sich ab, bis Faye eine Stelle bei der Pacific Gas and Electric Company annahm. Von da an schlief Ernie länger denn je, frühstückte mit schwer auf die Hand gestütztem Kinn und schaute aus dem Küchenfenster auf eingeölte Nachbarinnen, die sich auf den Liegestühlen ausstreckten, während ihre schreienden Babies ihn mit Panik erfüllten. Er ging zu seinem Ford hinaus und fuhr durch die heißen Straßen.

Eines Tages kam er aus Dicks Drive-Inn und ging auf einen flachen braunen Wagen zu. Hinter dem Steuer saß zusammengesunken – sein bleiches, verkniffenes Gesicht reichte kaum bis zum Wagenfenster – Gene Simms.

«Na so was, Mann.»

«Und, was ist so los?»

«Nichts. Wo hast du die ganze Zeit gesteckt?»

«Hier und da. Gibt's was Neues?»

«Nein.»

Gene Simms arbeitete nachts in der Kartonfabrik, und die beiden begannen, ihre Nachmittage zusammen zu verbringen. Sie fuhren in seinem oder Ernies Wagen durch die Gegend, und Gene – hager, gerunzelte Stirn, gähnend – rauchte mit nikotinverfärbten zitternden Fingern, eine ölige blonde Locke in der Stirn, und hatte nur ein Thema, das er mit Ausdauer und Beredsamkeit verfolgte und das in Ernie eine Art neugierige Erregung und die Furcht weckte, daß das, was zwischen ihm und Faye war, nicht an das Vorstellbare, ja vielleicht nicht einmal an das Übliche heranreichte.

«Es gibt keine, die's nich will», sagte Gene.

«Na, ich weiß nicht.»

«Du mußt bloß Bescheid wissen.»

«Na klar, mit jedem machen sie's nicht.»

«Aber wenn der Richtige kommt, legt er sie aufs Kreuz.»

«Jeder findet irgendwann die Richtige.»

«Mir egal, wer's ist. Kennst du Eleanor MacDonald? Die hab ich gestöpselt.»

«Ich weiß, hast du mir erzählt.»

«Man muß sich bei diesen Weibern bloß auskennen. Sobald du das Knie zwischen ihre Beine kriegst, hast du normalerweise leichtes Spiel.»

Wenn er früh am Morgen von der Arbeit nach Hause kam, versuchte Ernie Faye nicht zu wecken, weil er wußte, daß sie ihren Schlaf brauchte. Vorsichtig schlüpfte er zu ihr ins Bett, und wenn sie sich zu ihm umdrehte, legte er ihr den Arm um den Hals. Bis sie wieder ruhig schlief, streichelte er ihren Rücken oder das Haar oder auch das Bein, wenn es über seinem Körper lag, und dann, wenn sie wieder gleichmäßig atmete, hielt er sie mit einer so zärtlichen Fürsorglichkeit umarmt, daß er traurig wurde, weil sie nicht wach war und sie spürte.

Eines Nachmittags, als er mit Gene auf der Main Street herumkreuzte, sah er an einer Ecke einen dunkelhäutigen Soldaten in Khakis und Stiefeln stehen.

«Mein Gott, das is Bonomo», sagte Gene und schrie: «Bonomo, Bonomo! He, Mann, seit wann bist du wieder da?», während Ernie weiterfuhr, ohne nach links oder rechts zu schauen.

«He, halt an, halt an, das ist Bonomo. Er muß Urlaub haben. Halt an, verdammt noch mal. He, warum hast du nich angehalten. Was is los, Mann?»

«Hör auf, mir Befehle zu geben, ja. Wenn du aussteigen willst, dann steig aus.»

«Also, laß uns zurückfahren. Das war Bonomo.»

«Dann war es halt Bonomo.»

«Warum hast du nich angehalten?»

«Weil ich nicht anhalten wollte, darum.»

«Warum nich?»

«Ich wollte eben nicht.»

Ob Gene kapiert hatte, ob er sich an etwas erinnerte, von dem Ernie nicht einmal eine Ahnung hatte, oder ob ihn schlicht die Kraft dieses herausgebellten Satzes überzeugt hatte, jedenfalls wurde das Thema abrupt fallengelassen. In den darauffolgenden Tagen ging Ernie ihm aus dem Weg, und in dieser Nacht nahm er Faye nicht in die Arme.

Er lag von ihr getrennt, voller Angst vor ihrer Treulosigkeit. Wenn mit Bonomo, warum nicht mit anderen? War Bonomo irgendwie besser als die anderen? Ernie kannte keinen, der schlimmer war. Er war ganz krank vor mörderischer Verzweiflung, wenn er sich vorstellte, was man sich seiner Frau gegenüber alles herausgenommen hatte. Wenn er sich vorhielt, daß das alles geschehen war, bevor er sie kennengelernt hatte, machte das nicht den geringsten Unterschied, und wenn er sich sagte, daß vielleicht gar nichts passiert war, half ihm das auch nicht. Er hatte sich zum erstenmal für Faye interessiert, als er sie an Bonomo gepreßt im Wagen die Main Street hatte hinunterfahren sehen, und Bonomo war nicht dafür bekannt, daß er seine Zeit vergeudete.

Als sie auf seine Seite hinüberrollte, zog er sich zurück, und zuletzt schlief er ans Ende der Matratze geklammert ein.

Tagelang war er grob, aufgeregt, niedergeschlagen. Eines Nachts riß es ihn aus dem Schlaf hoch.

«Ernie, was ist?»

«Ein Alptraum.»

«Du hast so schreckliche Laute von dir gegeben.»

«Es war ein Alptraum.»

«Armer Ernie, was hast du geträumt?»

«Nichts.»

«Hat dich was verfolgt?»

«Als ob dich das interessieren würde.»

«Hat es was mit mir zu tun? Ist es das?»

«Du warst mit dabei. Laß mich in Ruhe. Es war nichts.»

«Hab ich was falsch gemacht? Ich kann doch nichts dafür. Ich meine, ich hab ja nicht wirklich was getan.»

«Nein?»

«Nein. Was war es denn?»

«Gar nichts. Jemand kam und hat deine Hand genommen, das ist alles.»

«Nur das? Das war alles?»

«Du hast ihn gelassen.»

«Das hast du geträumt. Deshalb kannst du mir keine Vorwürfe machen. War's bloß das?»

«Reicht das nicht? Du hast es vor meinen Augen gemacht.»

«Na, das ist doch nicht so schlimm. Vielleicht war's mein Vater.»

«Es war nicht dein Vater.»

«Sah er ihm ähnlich?»

«Du weißt genau, wer's war.»

«Weiß ich nicht.»

«Bist du da ganz sicher?»

«Ich weiß es nicht, ich weiß es nicht.»

Sie setzte sich auf, knipste die Nachttischlampe an und schaute erschreckt auf ihn hinunter. «Ich hab doch gar nichts getan.»

«Darauf möcht ich wetten.»

«Ernie, es war bloß ein Traum. Es ist nichts, es ist doch nicht wirklich was passiert.»

«Wirklich nicht?»

«Ich versteh dich nicht. Ich hab nichts getan, und ich würde so was nie tun, ich versteh nicht, daß du deswegen ein solches Theater machst.»

«Und wenn es Bonomo gewesen wäre?»

«War er's denn?»

Ernie nickte und beobachtete ihre Augen.

«Tut mir leid, aber da kann ich doch nichts dafür. Du weißt, daß ich mit ihm gegangen bin. Du bist auch mit anderen Mädchen gegangen.»

«Ja, klar. Glaub bloß nicht, daß ich eifersüchtig bin. Bin ich nicht. Ich versteh nur nicht, daß du keinen besseren gefunden hast als dieses Arschloch.»

«Hab ich doch. Dich.»

«Ach, komm, laß das. Und wenn er nicht zum Militär gegangen wär, was dann?»

«Ich wär nicht bei ihm geblieben. Ich hab ihn nie gemocht.»

«Das macht es nur schlimmer. Wie viele andere hast du auch nicht gemocht?»

«Was willst du damit sagen?»

«Mein Gott, das ist wirklich ein starkes Stück.»

«Was?»

«Was du grad gesagt hast.»

«Daß ich ihn nicht gemocht hab?»

«Und daß du ihn rangelassen hast.»

Er sah Angst in ihren grauen, ausweichenden Augen aufsteigen. Sie trug ein hellblaues Nachthemd, und ihre Hand erhob sich zu dem Band, das durch die Spitzen am Hals gezogen war, dann weiter zu ihrem Haar, wo ihre kurzen Finger eine dunkle Locke zum Kinn vorzogen.

«Ich hab ihn nicht rangelassen.»

«Du kannst es mir ruhig erzählen. Ich weiß doch, wie das ist. Ich komm schon damit klar. Es ist doch nur menschlich. Es ist ganz natürlich. Ich werf es dir nicht vor. Aber warum mit diesem Arschloch? Du hättest dir wirklich jemand anderen aussuchen können, und das hast du doch gemacht, da gab's doch noch andere, oder? Das ist doch nur natürlich, ihr Frauen seid eben so, ich versteh das schon. Es macht mir wirklich nichts aus. So ist das halt. Wie kann man gegen seine Natur angehen? Außerdem, vorbei ist vorbei. Die Gegenwart ist das, was zählt. Aber wenn ich dich je mit ihm erwische, bring ich euch beide um.»

«Mit wem?»

«Mit irgendeinem. Ich weiß, was du getrieben hast, bevor du mit mir zusammen warst. Es hat nicht viel gebraucht, das rauszufinden.»

«Ich hab gar nichts gemacht.»

«Du brauchst mich nicht anzulügen. Erzähl mir ruhig alles, das macht mir nichts aus. Es ist nur natürlich – du bist schließlich eine gesunde Frau. Ich bin nicht eifersüchtig, ich will dich nur warnen. Also, komm jetzt, vergiß es, ich bin nicht sauer, alles ist okay. Verdammt noch mal, nun wein doch nicht. Ich bin nicht sauer. Mit wem du es vor mir getrieben hast, ist deine Sache, und wenn sich jemand darüber das Maul zerreißt, schlag ich ihm den Schädel ein. Hast du denn nicht gewußt, daß er es überall rumerzählt? Hast du denn gar nie daran gedacht? Das ist es, was ich einfach nicht aushalte, daß dieses Arschloch sich auch noch darüber lustig macht. Ich reiß ihm den Arsch auf, wenn er sich irgendwo in dieser Scheißstadt blicken läßt. Jetzt hör auf zu weinen. Ich hab dir doch gesagt, daß ich nicht sauer bin. Kannst du das nicht verstehen? Vielleicht hast du ihn geliebt, ich weiß nicht, obwohl mir das nicht in den Kopf will, aber es könnte ja sein. Du hast schließlich Bedürfnisse. Wär ja nicht normal, wenn es anders wäre.»

Sie stieß einen Laut aus, so kehlig und tief, ein so unmenschliches Stöhnen, in dem so viel Schmerz lag, daß er Angst bekam.

«Faye?»

Sie schaukelte schweigend vor und zurück. Zwischen ihren Fingern hindurch tropften Tränen auf das Laken. Wieder drang dieses tiefe animalische Stöhnen durch ihre Hände, erschreckend in seiner Schamlosigkeit. Es war ein Laut, den er noch nie gehört hatte. Er setzte sich auf, schreckensstarr, starrte auf ihren gesenkten Kopf, ihre geballten Fäuste und ineinander vergrabenen Finger und sagte: «Faye, es macht mir nichts aus, es macht mir nichts aus. Wirklich, es macht mir nichts aus. Faye, es macht mir überhaupt nichts aus. Wirklich, es macht mir nichts aus.»

15

«Kannst du dir überhaupt vorstellen, was es heißt, ohne diesen Mann zu leben?»

«Hm», sagte Billy Tully.

«Und es war nicht seine Schuld. Er wird einfach so leicht fickerig. Du weißt ja gar nicht, was du alles einstecken mußt, wenn du gemischtrassig bist. Jeder Idiot auf der Straße denkt, er muß dich anstarren. Earl ist wirklich 'n friedlicher Mensch. Ausgeglichen. Er hat dem Kerl nichts getan, und er wollte ihm nichts tun. 'n kleiner Schnitt im Nacken, nichts Ernstes. Er würd nie auf jemand losgehen, genausowenig wie du da auf den Stuhl steigst und anfängst zu fliegen. Das könnt er gar nicht. Er ist einfach nicht so. Er ist der friedfertigste Mensch von der Welt.»

«Er kommt schon wieder raus», sagte Tully und sah sie im Spiegel an, mit ihren schwarzumrandeten Augen, der eingedellten Nase, dem Mund, der von Furchen wie mit Klammern umrandet war, ihren roten und sorgenvollen Lippen, die so voll waren – für einen Moment, da, hinter den Flaschen im Spiegel, sahen sie aus wie die vollen Lippen seiner Frau. Er drehte sich zu ihr um, aber sie hatte das Gesicht gesenkt, und ihre Lippen, die hinter dem Schopf ihres lockigen Haars nicht mehr zu sehen waren, konnten nicht denen seiner Frau gleichen, weil seine Frau ihre Haare nie so getragen hätte. Seine Frau hatte Geschmack, und das wertete nun die Frau an seiner Seite ab. Mit dem angenehmen und melancholischen Gefühl, treu zu sein, wandte er sich wieder seinem Drink zu. Beeindruckt von der Grenzenlosigkeit seiner Liebe übte er Verzicht. Er hatte sich voller Erwartung neben diese Frau, Oma, gesetzt, die ihn, wie er sich erinnerte, einmal angezogen hatte, aber jetzt empfand er nur Gleichgültigkeit. Während sie weiterredete, schaute er lustlos die erleuchtete, mit Bierflaschen, Gläsern, nackten gebräunten Armen und als Salzstreuern verwandten Chiliflaschen gesäumte Theke hinunter. Er hatte den Tag über Pfirsiche gepflückt.

«Er ist dermaßen eifersüchtig. Gut möglich, daß er längst wieder draußen ist und mich auf Schritt und Tritt beobachtet.»

Tully sah zur offenen Tür hinüber. Traurige mexikanische Heultöne kamen aus der Jukebox. Auf einem Kalender war über den aufgereihten Flaschen mit Thunderbird und Silver Spur ein barbusiges Aztekenmädchen schlafend zu Füßen eines Kriegers abgebildet, flankiert von zwei riesigen Flaschen Cerveza XX vor dem Hintergrund schneebedeckter Vulkane.

«Er läßt mich mit keinem reden. Er ist ja so besitzergreifend. Er hat mich nie aus den Augen gelassen. Und er konnte so wütend werden. Weißt du noch, als wir uns das letzte Mal unterhalten haben, du und ich? Ist schon ein Weilchen her. Weißt du, was er danach gemacht hat? Er hat mich vergewaltigt.»

Tully drehte sich zu den braunen Augen um; die Lider waren geschwollen, die Augenbrauen ein kurzes Gestoppel über bläulichen aufgemalten Linien. «Er hat mich einfach genommen und aufs Bett geworfen. Also jetzt schau mich nicht so an. Ich schäm mich nicht deswegen. Ich hab mich noch nie dafür geschämt, wenn ich mit jemand geschlafen hab. Für mich gehört das zum Leben.»

Tullys Interesse kehrte zurück. «Sicher, warum nicht? Ich meine, wenn man sich mag.»

«Ich rede nicht von freier Liebe. Das ist nichts für mich.»

«Na ja, frei, kommt drauf an, was du unter frei verstehst. Wenn es nicht frei ist, kann man's doch nicht Liebe nennen.»

«Ich meine echte Liebe. Ich rede über Liebe, nicht nur über Sex. Wenn du wirklich liebst, bist du fürs ganze Leben verheiratet. Dann gibt's nichts anderes mehr. Ich glaub nicht, daß meine zweite Ehe das richtige war. Ich hätt Frank treu bleiben sollen.»

«Wer ist das?»

«Mein erster Mann. 'n reinblütiger Cherokee.»

«Du hast 'nen Indianer geheiratet?»

«Na und? Glaubst du, daß du was Besseres bist?»

«Mein Gott, ich hab nichts dagegen.»

«Paß nur auf, was du sagst. Was Frank angeht, bin ich empfindlich. Ich hab mir genug anhören müssen, als ich ihn geheiratet hab. Meine Familie war gegen ihn, obwohl er nüchterner war als jeder einzelne von denen. Dauernd hieß es, Indianer trinken. Ich hab Frank nie betrunken gesehen. Ich hab gesagt, leckt mich am Arsch. Er war der schönste Mann, den ich je kennengelernt hab. Ich trag immer noch meinen Ehering.»

Tully sah auf den goldenen Reif hinunter.

«Was ist passiert, habt ihr euch getrennt?»

«Nein.»

«Aber du bist nicht mehr verheiratet.»

Oma zögerte, ehe sie antwortete: «Ich bin Witwe.»

Er senkte die Augen. «Ach so. Schlimm. Was ist ihm passiert?»

«Er ist erschossen worden.»

«Im Ernst? Von wem?»

«Er war Polizist. Er ist im Dienst umgekommen. Er war erst zwei Wochen dabei und wußte noch nicht, was einem alles passieren kann. Er war zu mutig, um vorsichtig zu sein. 'n paar Burschen hatten 'ne Bar überfallen, und er war eben da, er und ein Kollege. Sie wurden hinbeordert, und sie kamen an, als die Männer noch auf dem Gehsteig standen, Frank sprang als erster aus dem Wagen, und sie brachten ihn um.»

«Wo war das?»

«Oakland. Wir sind nach der Hochzeit da raufgezogen, und Frank hat im Postamt gearbeitet, aber das brachte nicht genug Geld, und es gefiel ihm auch nicht. Dann hörte er, daß sie Polizisten brauchten, und er war ja kräftig. Wir hatten nicht mal Zeit für Kinder. Das zweite Mal hab ich 'nen Weißen geheiratet, und das einzige, was der konnte, war, uns 'ne Uferböschung runterzufahren. Daß ich den geheiratet hab, war der größte Fehler meines Lebens. Er war pervers.»

«Tatsache?»

«Mit der weißen Rasse geht's bergab. Seit 1492, als Kolumbus die Syphilis mitgebracht hat, sind wir auf dem absteigenden Ast.»

«Was hat er gemacht?»

«Weiße Männer sind Tiere.»

«So schlimm sind wir nun auch wieder nicht.»

«Weiße Männer sind das Ungeziefer der Erde.»

«Schon gut, nicht so laut.»

«Sag mir nicht, was ich tun soll. Was glaubst du denn, wer die Indianer ausgerottet hat? Mir doch egal, ob mich jemand hört. Ich weiß, daß ich diesen gottverdammten Mexikanern hier auf die Nerven gehe, die bloß rumsitzen und drauf warten, daß ich abhaue, damit sie sich's ohne Gringos bequem machen können. Zum Teufel mit ihnen. Die wissen doch nicht, wer ihre wahren Freunde sind.»

«Jetzt reg dich nicht auf. Nimm's nicht so schwer.»

«Halt bloß dein verdammtes Maul! Was weißt du denn schon!»

«Was hast du da gesagt?»

«Ich hab gesagt, du sollst dein verdammtes Maul halten. Und deine Pfoten kannst du auch gleich wegnehmen.»

«Wie bitte? Hör mal, ich muß mir das nicht gefallen lassen. Du könntest eines Tages ganz leicht von diesem Hocker fallen.»

«Wirst ja sehen, ob mir das was ausmacht. Das fehlt mir grad noch. Nur zu, wenn's dir Spaß macht.»

«Vergiß es. War nicht ernst gemeint.»

«Los, komm, spuck's aus, nur weiter so, wenn's dir guttut, vielleicht brauchst du das ja für dein Selbstbewußtsein.»

«O Gott», sagte Tully und wandte sich ab.

«Schlag mir doch 'n paar Zähne aus, wenn du schon dabei bist. Ich hab noch 'n paar eigene, die anderen haben sich netterweise verabschiedet.»

«Großer Gott. Ich würde dich nie schlagen.»

«Sollte dir aber nicht zu schwer fallen. Worauf wartest du? Ich kann mich doch gar nicht wehren. Das muß doch was ganz Tolles sein für dich. Genau das, was du brauchst. Mach dir keine Sorgen. Es sei mir fern, jemand die Freude verderben zu wollen. Los, mach schon, du hast es doch so gewollt. Wenn dich das scharf macht, kannst du's genausogut mit mir machen wie mit jeder anderen.»

Stöhnend, die Arme auf die Theke gestützt, legte er das Gesicht in die Hände, und einen Augenblick lang kam es ihm so vor, als ob er wieder das Gekeife seiner Frau höre. «Okay, okay, okay, tut mir leid», sagte er in seine Hände hinein, einzig und allein bestrebt, sie zu besänftigen, sie durch diese Büßergeste bei sich zu behalten. «Ich versuch dir zu sagen, daß es mir leid tut, glaub mir. Hör zu, tut mir leid. Hörst du? Es tut mir *leid*.»

«Na und? Dann tut's dir eben leid.»

Tully war verwirrt. Es gab nichts, was er hätte tun können. Er saß in der Falle, in der er schon so oft gesessen hatte, und er hatte das Gefühl, daß er seinen verhaßten Kopf auf die Theke knallen würde, wenn sie ihm nicht verzieh. «Ich könnte mir den Schädel einschlagen», sagte er.

«Ich würd dich nicht dran hindern.»

«Ich möcht ihn am liebsten auf die Theke da schlagen», warnte er sie.

«Dann tu's doch.»

Mit einem lauten Knall schlug seine Stirn auf dem polierten Holz auf. Dann spürte er ihre Hände; sie hielt ihn an den Schultern und unterm Kinn, und sie hatte Kraft in den Armen. Er hob sein Glas und prostete den starrenden Gesichtern zu. Er fühlte sich wieder wohl, er war wieder obenauf.

«Warum hast du das getan?»

«Auf mich kannst du dich immer verlassen», sagte er.

«Willst du dir das Hirn einschlagen?»

«Du kannst dich auf mich verlassen. Glaubst du mir nicht?»

«Ich komm schon allein zurecht.»

«Hör zu, laß dir was sagen. Auf mich kannst du dich immer verlassen.»

«Ich dachte, du wolltest mich schlagen.»

«Vergiß das doch endlich. Ich hab in meinem ganzen Leben noch nie eine Frau geschlagen. Ich bin kein solches Arschloch. Da kannst du jeden fragen. Ich laß meine Freunde nicht im Stich. Komm, ich bestell dir einen Drink. Meinst du nicht, daß du dich auf mich verlassen kannst?»

«Ich will nur eins, daß du deinen Kopf nicht mehr auf diese Theke schlägst.»

«Vergiß das doch jetzt mal für einen Augenblick. Ich hab dich was gefragt. Denkst du, daß ich dich im Stich lassen würde?»

«Ich weiß nicht, würdest du's?»

«Niemals.»

«Vielleicht ja wirklich nicht. Aber wie soll ich das wissen?»

«Du kannst dich... auf mich... verlassen», verkündete er und schlug zur Bestätigung mit der Faust auf die Theke. «Ich bin ein verläßlicher Typ. Denkst du, ich verarsch dich? Ich bin ein Freund. Glaubst du mir nicht? Wenn du was brauchst, komm zu mir, jederzeit. Wirklich, ich mein, was ich sage.»

«Tja, das mag ich an dir. Du weißt, wer deine Freunde sind.»

«Richtig.»

«Die andern da, an die würd ich keinen Gedanken verschwenden.»

«Davon hättest du auch nichts.»

«Du bist das einzige Arschloch hier, das überhaupt was taugt.»

«Das weiß ich zu schätzen. Ich mein, weil auch an dir was ist, was ich mag.» Tully hatte ihr den Arm um den Nacken gelegt. Die Krise war vorüber, die verwirrenden Gefühle waren so schnell verflogen, daß diese kurze, verzweifelte Erschütterung keine Bedeutung zu haben schien. Er war entspannt, locker. Seine Kopfhaut kribbelte vom sinnlichen Eindruck einer erstaunlichen Intimität.

Als sie zusammen hinausgingen, streichelte er ihren Lockenkopf. Und jetzt führte er das Kommando, redete ununterbrochen, um ja keine Pause entstehen zu lassen, und versuchte, alle nur möglichen Streitpunkte zu vermeiden, um es sich nicht mit ihr zu verscherzen. An der Tür drehte er sich in einem Crescendo von Trompeten und Gitarren anzüglich grinsend um, aber niemand nahm Notiz von ihm. Ein kühlender Wind hatte sich erhoben. Der Himmel war wolkenlos, der Große Bär hing schräg über der Center Street. Tully bemerkte, wie betrunken er war, als er auf dem Gehsteig anhielt, um sie zu küssen, und – mit geschlossenen Augen und erfreut darüber, daß er größer war – das Gleichgewicht verlor. Oma hatte sich an ihn geschmiegt, und als sie weitergingen, sein Arm über ihren Rücken, ihrer um seine Taille, lehnte sie sich weiterhin gegen ihn und drückte ihn gegen Wände und Schaufenster.

«Alles in Ordnung?» fragte er.

«Ich weiß nicht.»

«Schaffst du es?»

«Ich glaub, ich bin betrunken.»

«Ich bring dich heim. Mach dir keine Sorgen. Du kannst dich auf mich verlassen. Sind wir hier richtig?»

Als sie anfing zu weinen, empfand er eine plötzliche Zuneigung, als ob sie seine Frau wäre. «Ich liebe dich so sehr», sagte sie, und es war ein so unerwartetes Geständnis, daß er sich glücklich fühlte wie nie zuvor. Als er sie die dunklen Treppen zu ihrem Zimmer hinaufzog, spürte er, daß von nun an alles anders sein würde.

16 Billy Tullys Koffer stand leer im Wandschrank. Seine Mäntel, Hosen und Hemden hingen über Drahtbügeln, und neben dem Koffer und seiner Segeltuchsporttasche befand sich ein Karton mit Earls Kleidern, die Oma von den Bügeln und aus der Kommode genommen hatte, in der jetzt ordentlich gestapelt Tullys graue Unterwäsche lag. Er hatte aufgehört, sie zu tragen, die T-Shirts der Hitze wegen, die zerlumpten Jockeyshorts aus demselben Grund, aber auch aus Gründen der Männlichkeit. Er hatte herausgefunden, daß er leichter scharf wurde, wenn sein Schwanz frei in der Hose hing. Obwohl er keine Schwierigkeiten hatte, einen hochzukriegen, wußte er, daß er mehr aus Pflichtgefühl als aus Neigung Omas Liebhaber war. Bei seiner Frau hatte er sich nicht so anzustrengen brauchen. Von ihr mußte er Vorwürfe einstecken, weil er sie in den unmöglichsten Situationen mit seiner Zärtlichkeit überfiel, weil er um sie herumschlich, um sie in die Arme zu nehmen, wenn sie am Abwaschbecken stand, vom Herd zum Kühlschrank ging, oder weil er das Badezimmer betrat, um sie zu fragen, ob er mit in die Badewanne kommen könne. Manchmal war seine Frau ihm kokett ausgewichen und hatte durchblicken lassen, daß sie einen Aufschub belohnen werde, manchmal wurde sie wütend und schrie ihn an, daß er sie bei der Hausarbeit störe und nie Ruhe gebe. Beleidigt hatte er sich dann auf die Couch verzogen und geschmollt, hatte sie im stillen verflucht und mit den Zähnen geknirscht. Aber dann war er doch wieder mit Entschuldigungen und reumütigen Umarmungen angekommen, was darauf hinauslief, daß er sie von neuem begehrte. Daß er sie begehrte, daß er sich nach ihr sehnte, war die Grundlage seiner Ehe gewesen, und als sie gegangen war, hatte ihn diese Sehnsucht nicht verlassen. Er sehnte sich selbst dann nach ihr, wenn er Oma Lee Greer in seinen Armen hielt.

In Nächten, in denen Tully es nicht ertrug, Oma überhaupt an sich heranzulassen, wenn stundenlanges Gekeife sie so abstoßend gemacht hatte, daß er sie nicht einmal mehr berühren konnte, packte ihn die Sehnsucht nach seiner Frau besonders stark. Dann wälzte er sich im Dunkeln von einer Seite auf die andere und dachte schließlich an jede beliebige Frau, nur nicht an die, die neben ihm lag. In anderen, unbeschwerteren Nächten genoß er sie mit einer unbeteiligten, aufblitzenden Lust. Aber die warme Dankbarkeit, die er bei Lynn empfunden hatte, stellte sich nicht ein, wenn sie fertig waren. Er lag still da, und das Wissen, daß sein Leben ihm unter den Händen zerrann, lastete auf ihm, das Gefühl, daß er seine Jugend vergeudete, während er neben einer Frau lag, die er nie hätte kennenlernen sollen. Er war so weit weg von dem Weg, der ihm so sicher vorherbestimmt schien, daß er sich in panischer Angst fragte, ob er ihn nicht für immer aus den Augen verloren hatte. Er war nicht fähig, sie zu lieben, und die Angst vor einem Leben ohne Liebe war inzwischen größer als in der Zeit, in der er allein gelebt hatte. Damals gab es noch zumindest eine Art von Erwartung, jetzt gab es trotz gewisser Annehmlichkeiten keine Hoffnung mehr, von einem eventuellen Ausbruch abgesehen, aber dazu fühlte er sich nicht in der Lage. Wenn er von Ausbrüchen träumte, flüchtete er sich stets zu seiner Frau, aber wenn ihm ein Streit mit Oma die ersehnte Gelegenheit zum Bruch bot, wußte er, nüchtern vor Angst, daß seine Frau ihn für immer verlassen hatte, daß sein Leben verlief, wie es zu verlaufen hatte, und daß er ohne Oma allein sein würde, daß er froh sein mußte, sie zu haben, daß er sie beruhigen, sich mit ihr verstehen mußte und sie möglichst nicht aufregen durfte. Er brachte die gleichen Entschuldigungen und Erklärungen vor wie bei seiner Frau, und danach hatte er das traurige Gefühl, ein Sakrileg begangen zu haben. Manchmal, wenn Oma bereits zu Bett gegangen war, blieb er noch auf und trank im Dunkeln bei geöffnetem Fenster weiter, durch das die warme Septemberluft, leise Musik, Stimmen, das Geräusch zersplitternden Glases, das Brummen vorbeifahrender Wagen und das Gerumpel von Lastern zu ihm drangen, während einfallendes Licht auf der schlafenden Gestalt unter den Laken hin und her huschte, und er fühlte sich schuldig seiner Untätigkeit wegen und weil er nur wartete, während sein Leben kaputtging. Keiner war es wert, daß er ihm sein Leben schenkte, keiner konnte das wirklich wert sein. Es gehörte ihm allein, aber er verdiente es nicht, denn er ließ es vor die Hunde gehen. Sein Leben verließ ihn, und er unternahm keine Anstrengung, es zu halten. Er wußte nicht wie. Er kämpfte gegen den Drang an, sein Glas aus dem Fenster zu werfen. In seiner Vorstellung krachte der Stuhl, auf dem er saß, gegen die Wand. Er sehnte sich nach Kampf und Befreiung, er spürte, daß er kämpfen mußte, wie er es vor Jahren gespürt hatte, als er, aus der Armee entlassen, heimgekommen war, um endlich zu leben, und der Tatsache gegenüberstand, daß er zu nichts Lust hatte. Aber damals war er jung gewesen und hatte während seiner Dienstzeit einige Meisterschaften gewonnen. Seine Mutter war gestorben, als er noch zur High-School ging, aber sein Vater, ein Bruder und eine Schwester lebten noch in der Stadt. Inzwischen waren sie alle weg; sein Vater hatte wieder geheiratet und wohnte in Phönix, der Bruder war bei den Marines, die Schwester lebte mit ihrem Mann in Fort Dix, New Jersey. Das letzte Mal, daß er einen von ihnen gesehen hatte, lag mehr als zwei Jahre zurück, als er und Lynn seinen Vater vor einer Nierenoperation besucht hatten. Aber die Steine waren auf natürliche Weise im Krankenhaus abgegangen, und sein Vater hatte, erleichtert, daß sich die trübe Aussicht auf eine Operation in nichts auflöste, schon bald damit begonnen, seine herbeizitierten Kinder mit dem Sarkasmus früherer Jahre zu attackieren. Der alte Mann, ein Zementverputzer, klein, rotgesichtig und Alkoholiker, war vom Krankenhausbett aufgestanden, heimgegangen und hatte sich betrunken. Auf der Veranda hinter dem Haus hatten sich Tully, sein Bruder und die Frau seines Vaters nach einem lautstarken Streit mit seinem Vater beinahe über der Frage geprügelt, wieviel Nachsicht ein Sohn seinem Vater schulde. Seither hatte Tully zwar ein paar Postkarten geschrieben, aber keinen seiner Angehörigen mehr gesehen. Er dachte ohne Sympathie, ohne Abneigung und Neugier an sie. Er hatte sie hinter sich gelassen, sagte er sich, und war als einziger noch in der Stadt, in der sie zuletzt zusammen gelebt hatten.

Tully stand auch weiterhin auf, bevor es hell wurde. Obwohl Oma seit dem Tod ihres ersten Mannes eine monatliche Unterstützung erhielt, zog er sich im Dunkeln mit dem bitteren Gefühl eines Mannes an, der eine Schmarotzerin aushält. Während Oma weiterschlief, trank er Kaffee und aß Brot dazu; wenn er Zeit hatte, briet er sich Eier und machte sich ein Lunchpaket. Leise schloß er die Tür hinter sich und ging die Treppe hinunter, und während er durch die erleuchteten Straßen zu den langen Reihen der Lastwagen und Busse eilte, erfaßte ihn ein Gefühl der Erleichterung, allein zu sein. Schlafend fuhr er zu den Pfirsichplantagen, wo er die glühendheißen Tage auf Leitern im mit Insektiziden besprühten Laub verbrachte; ein nierenförmiger Eimer hing ihm von einem Schulterriemen herab vor dem Bauch und schlug schwer gefüllt gegen seine Schenkel, wenn er zu den aneinandergekuppelten Anhängern hinüberrannte, die durch den Schatten unter den Bäumen gezogen wurden. Am Nachmittag war er wieder zurück. In seinem violetten Satinmantel mit der weißen Aufschrift BILLY TULLY auf dem Rücken stapfte er in Schuhen ohne Senkel und ohne Socken den Gang entlang zur Badewanne.

«Du siehst so gut aus», sagte Oma einmal, als er nach dem Baden in seinem Mantel vor dem Spiegel stand und sich kämmte.

«Ja?» Erfreut drehte er sich zu ihr um, lächelte und streckte sich wollüstig, dann ging er zu ihr hinüber, stand schweigend und fordernd vor ihr, und seine Hand auf ihrem Hinterkopf versuchte, ihr weitere Huldigungen zu entlocken.

In Hosen und einem kurzärmeligen Hemd, mit offenem Kragen und bis über den Bizeps aufgerollten Ärmeln führte er sie zum Essen aus. An den Tagen, an denen sie nicht in der Wohnung war, fand er sie im Harbor Inn, und nachdem sie in einem Café voller Landarbeiter ein frühes Abendessen zu sich genommen hatten, tranken sie den Abend durch.

Eines Abends trafen sie im abgestandenen Zwielicht des Paris de Noche Esteban Escobar in Gesellschaft einer großen jungen Frau. Ihr Haar war platinblond, die Pockennarben in ihrem Gesicht waren durch eine Schicht rosa Make-up verdeckt, und in ihrer Gegenwart fühlte sich Tully durch Oma eingeengt; jetzt, wo er mit ihr zusammen war, hatte er nicht mehr die Freiheit, sich eine Frau anzulachen. Die vier tranken zusammen, und von Zeit zu Zeit küßte Esteban das Mädchen hörbar auf den fetten weißen Nakken. Er trug einen gut gebügelten hellbraunen Sommeranzug, ein gelbes Seidenhemd mit offenem Kragen und makellos saubere, spitze braun-weiße Schuhe. Sein flaches braunes Gesicht war unbewegt, die Iris seiner Augen so schwarz wie seine pomadisierten Haare und so ausdruckslos wie die Augen eines Vogels. Tully fühlte sich wohl wie lange nicht mehr. Obwohl nie wirklich befreundet, hatten sie beide ungefähr gleichzeitig den Höhepunkt ihrer Laufbahn erreicht, und Esteban war noch da. Dieser philippinische Spargelstecher schaffte es noch heute, seine Landsleute in die Arena zu locken. Er und das Mädchen neben ihm ließen in Tully erneut die Überzeugung reifen, sein Rückzug könnte vielleicht nur eine längere Pause zwischen zwei Kämpfen gewesen sein. Er fragte, wer zur Zeit im Trainingsraum sei, redete über vergangene Kämpfe, ließ sich dann über das schlechte Management aus und schließlich über seinen Kampf gegen Fermin Soto in Panama, den er jetzt, aus naheliegenden Gründen, als zentrales Ereignis in seiner langen, von Mißtrauen geprägten Beziehung zu Ruben Luna hochspielte.

«Um ein paar hundert Dollar zu sparen, hat er mich allein dort runtergeschickt. Er hat mich auf dem Gewissen», sagte er und drehte sich zu Oma um. «Weißt du, wer Soto damals war?»

«Soto? Gegen den hast du gekämpft, oder?»

«Ach du lieber Gott.»

«Er war gut, hm?»

«Gut? Der Penner hing bloß noch an mir. Um den war ich rum wie ein Schwarm Fliegen. An dem Abend hab ich's gebracht, wirklich gebracht. Du hättest mal die Gesichter sehen sollen, die sahen alt aus. Sogar die meiner eigenen Sekundanten, diese Penner. Die haben mir alle keine Chance gegeben, und dann schlag ich ihn sechs Runden lang dumm und dusselig. Ich hab ihn in den Arsch gefickt, und jeder in der Arena hat's gemerkt. Dann sitz ich in meiner Ecke, ich weiß, daß ich ihn hab, wo ich ihn haben will, und paß gar nicht auf, was sie mit mir anstellen. Ich spür nichts. Ich weiß nur, daß er in der nächsten Runde zu Boden geht. Dann komm ich aus meiner Ecke, und er haut ein paarmal zu, und plötzlich bricht der Ringrichter ab, und ich bin von oben bis unten voller Blut. Wie findet ihr das? Platzwunden an beiden Augen. Keiner sagt was. Alle sind glücklich. Das Publikum schreit sich die Seele aus dem Hals. Die Sekundanten verpflastern mich und setzen mich grinsend ins Flugzeug. Adios. Also, kaum bin ich in Stockton, geh ich zu Ruben, und er nimmt die Pflaster ab, schaut sich die Platzwunden an und sagt, daß es Rasiermesser waren.» Tully machte eine Pause.

«Und, waren es welche?» fragte Oma.

«Aber sicher. Diese Scheißkerle haben mich in meiner eigenen Ecke aufgeschlitzt.»

«Wie konnte Ruben das so genau wissen?»

«So was sieht man. Was glaubst du denn? Also gingen wir nach Sacramento vor den Ausschuß und legten Beschwerde ein.»

«Und was geschah?»

«Nichts.» Er machte wieder eine Pause. Die anderen warteten.

«Ist das alles?»

«So ungefähr, ja.»

Sie schwiegen.

«Das war ein gemeiner Trick», sagte Estebans Mädchen entgegenkommend.

«Du sagst es», fuhr Tully fort und versuchte, noch etwas mehr rauszuholen. «Ich weiß nicht, vielleicht hätt ich was anderes anfangen sollen, Versicherungen verkaufen oder so. Du kämpfst, bis du nicht mehr kannst, und was hast du am Ende davon?»

«Das war Pech», sagte Esteban mit abgehackter, monotoner Stimme. «Soto ist gut.»

«Gut? Ich hab den Kerl fertiggemacht.»

Esteban lehnte sich wieder zu seiner Begleiterin hinüber. «Noch einen Drink? Morgen nehm ich dich in die Stadt mit und kauf dir was Schönes. Magst du Parfum? Mir egal, was es kostet, macht mir nichts aus.»

«Okay, okay, häng nicht so an mir rum.»

«Du magst das doch, Baby. Erzähl mir nicht, daß du das nicht magst. Ich häng an dir rum, wenn ich es will.»

«Du bist ja vielleicht süß.»

«Bin ich, wenn die anderen auch süß zu mir sind.»

«Ich hab dran gedacht, es noch mal zu versuchen», sagte Tully. «Ich hab mich viel zu sehr gehenlassen. Ich fang mal mit Laufen an. Ich weiß, daß ich noch kämpfen kann, ich brauch nur meine Kondition wieder.»

«Dann kämpf doch», sagte Oma.

«Werd ich.»

«Na klar. Wo hab ich das bloß schon mal gehört?»

«Ganz sicher.»

«Ja doch, ja doch.»

«Ich mein es ernst, verdammt noch mal.»

«Aha.»

«Ach, fick dich doch selber.»

«Scheiß dich nur aus, Cowboy.»

Sie saßen schweigend da, und alle starrten vor sich hin, während sich ein Deckenventilator mit ruderartigen Blättern langsam in der Hitze drehte. Ärgerlich und finster schaute Tully eine Weile in den Spiegel, damit niemand auf die Idee käme, er sei so dumm, mit Oma glücklich zu sein. Bald fing Estebans Begleiterin sichtlich ungeduldig an zu seufzen, und so gingen sie alle die Straße hinunter. Tully drängte sich an sie, als sie eine überfüllte Bar betraten, in der ein kahlköpfiger Mann mit Koteletten und eine blonde Frau mit einem verbrauchten hübschen Gesicht auf elektrischen Gitarren spielten und sangen.

Well, why don't you love me like you used to do?
How come you treat me like a worn-out shoe?
My hair is still curly and my eyes ar still blue.
Why don't you love me like you used to do?

In dieser Nacht in ihrem Zimmer wurde Tully von einer Verzweiflung gepackt, von der er fürchtete, sie nicht mehr im Griff zu haben. Er hatte das Gefühl, unter der Belastung von Omas Gegenwart in Stücke zu zerspringen. Er konnte sich nicht zum Reden überwinden, und wenn sie sprach, konnte er nicht zuhören. Wenn er nur ihre Stimme hörte, hatte er das Gefühl, fliehen zu müssen. Aber da er sie nicht lieben konnte, schien sie verletzbarer zu sein und er noch stärker an sie gebunden. Zum Trost für den Verlust seiner Freiheit sehnte er sich nach einer engeren Beziehung. Reglos lag er neben ihr im Bett, der Gedanke, sie auch nur mit einer Zehe zu berühren, stieß ihn ab. Aber ihre Hand suchte ihn. Obwohl er sich nicht rührte, bewegte sie sich mit besitzergreifender Sicherheit, bis er sich zu ihr umdrehte; sein Fuß verfing sich in den Laken und zog sie von ihren Körpern herab, als er sein Bein mit einer Wildheit zwischen die ihren stieß, als ob er sie bestrafen wolle. Sein Kraftakt machte keinen erkennbaren Eindruck auf sie. Danach, als Oma schlief, war er sich seines Körpers, jedes einzelnen unglücklichen Gliedes, jedes ruhelosen Gelenks so schmerzhaft bewußt, daß er am liebsten um sich geschlagen hätte, um endlich eine Stellung zu finden, die ihm Erleichterung gebracht hätte. Aber er bewegte sich langsam und vorsichtig, um sie nicht zu stören. Während er einen Arm zentimeterweise hochschob, ein Bein ausstreckte, schienen seine Muskeln in einer Agonie des Gefangenseins auf seinen Knochen zu pulsieren. Er war in der Falle. Sein Leben schien zu Ende zu sein. In vier Tagen wurde er dreißig.

17 Inmitten einer Phantasmagorie ausgelaugter, armseliger Gesichter, narbiger Wangen und Nacken, schiefgeschlagener, pockenzerfressener, eingedellter und geschwollener Nasen, fehlender Zähne, brauner Zahnstümpfe, zahnloser Kiefer, Stoppelbärte, wulstiger Lippen, Schlappohren, offener Wunden, Schorf, herunterlaufenden Tabakspeichels, eingezogener Schultern, aufgeschlagener Stirnen und müder, verzweifelter, verwirrter Augen sah Tully im Licht der Straßenlaternen der Center Street einen jungen Mann mit gebrochener Nase, der ihm bekannt vorkam. Seine erste Reaktion war, sich in der Menge zu verdrücken, um nicht gesehen zu werden, aber sie waren beide aus demselben Grund hier. Er ging zu ihm hinüber, rief und erinnerte sich sogar an den Namen. «He, Ernie!» Der andere schaute ihn an, ohne ihn zu erkennen. «Wie geht's? Machst du jetzt Tagschicht?»

Ernie stand da, die Hände in den Taschen. «Scheiße, Mann. Meine Frau ist schwanger, ich steh jetzt schon seit zwei Tagen mitten in der Nacht auf, komm hierher, um ein paar Extradollar zu machen, und gerate in diesen Mob.»

«Geh mit den Walnußpflückern.»

«Ich werd nirgendwo hinkommen, wenn die alle mitwollen. Machst du diesen Scheiß?»

«Ab und zu. Aber nicht als Pflücker», log Tully. «Wenn ich arbeiten will, arbeite ich als Aufseher. Ich bring dich bei den Walnüssen unter. Wie geht's? Hast du 'n paar Kämpfe gehabt?»

«Ein paar.»

Sie gingen einen Block weiter zu einem roten Bus, dessen Motorhaube mit Draht befestigt war. Durch die Fenster sah man zusammengesunkene Männer in ihren Sitzen.

«Warst du gestern schon dabei?» fragte der Fahrer, der am Kotflügel lehnte.

«Ich hab die Nüsse runtergeschlagen.»

Jetzt erst sah der Fahrer Tully an, saugte sich Rotz aus der Nase runter und spuckte ihn aus. «Steig ein.»

«Ich bring dir 'nen Sammler.»

«Ich warte erst, ob die Crew von gestern auftaucht.»

«Du machst einen Fehler, wenn du den nicht nimmst. Ich geb dir mein Wort, der Junge ist ein phantastischer Nüssesammler.»

Der Fahrer sah zur Seite und machte eine ungeduldige Geste. «Also dann rein mit euch beiden.»

Hinten im Bus, in dem es nach Urin stank, fühlte sich Tully nur einen Augenblick lang wichtig, weil er Ernie für einen Tag Arbeit verschafft hatte, danach schien ihm sein Einfluß mehr Anlaß zu Scham als zu Stolz zu geben. Aus Angst, als reiner Landarbeiter angesehen zu werden, begann er darüber zu reden, wie er wieder in Form kommen werde, und die Tatsache, daß Ernie nach diesem enttäuschenden Tag beim YMCA tatsächlich Boxer geworden war, machte ihm Hoffnung. Sie unterhielten sich, während die Männer um sie her schnarchten, und holperten an erleuchteten Molkereien vorbei und durch mächtige Schwaden von Düngergestank Richtung Norden. Der Bus hielt auf einem Feldweg unter den dunklen Umrissen von Bäumen im grauen Licht der nahenden Dämmerung. In der Nähe lief ein Traktor. Unter den Bäumen hing blauweißer Nebel. Ein Laster war ihnen zu der Plantage vorausgefahren, und als die Männer ausschwärmten, um sich dort ihre

Säcke und Eimer zu holen, rief der Fahrer, der neben dem Vorarbeiter der Ranch stand, Tully beiseite.

«Du arbeitest wieder auf dem Turm. Schafft dein Partner das?»

«Der Junge ist Athlet.»

«Dann arbeitet er mit dir. Paß bloß auf deine Hände auf, Junge.»

Die beiden gingen hinüber zu dem tuckernden Caterpillar, und Tully kletterte die Sprossen des Turms hinauf, der hinten dranhing – es war ein fünfzehn Fuß hoher Metallzylinder, der aussah wie eine Drainageröhre auf Rädern –, und oben angekommen ließ er sich hineingleiten, bis seine Füße die Plattform erreichten und er bis zur Hüfte in der Röhre steckte. Er griff sich die lange Stange, die an der Röhre lehnte, schob sie sich wie eine Lanze unter dem Arm hindurch, und Traktor und Turm setzten sich in Bewegung. Er stützte sich mit der Hüfte gegen das Rütteln und Schütteln ab, Blätter streiften ihn, und er schwenkte die Stange zur Seite. Unter dem ersten Anprall schrie Ernie, der unter dem Baum vor den Metallketten des Caterpillars Nüsse einsammelte, protestierend auf, aber seine Stimme war im Motorgedröhn kaum zu hören. Tullys zweiter Schlag brachte einen weiteren Hagel grünschaliger Walnüsse herunter. Ernie brüllte zu ihm hinauf, er lachte und schlug erneut gegen den Baum. Eine weitere Ladung Nüsse fiel herunter. Ernie bedeckte seinen Kopf, bückte sich, kam hoch, warf, und eine Nuß knallte gegen den Turm. Der Fahrer bedeutete ihm weiterzumachen. Ernie rannte maulend zu seinem Platz vor dem Traktor zurück, und Tully, der die Zweige bearbeitete, sah ihn schnell und zornig in der Hocke vorankriechen, die Hände schoben flink die Nüsse beiseite und kamen zeitweise bis auf Zentimeter an die sich vorwärtsbewegende Raupenkette heran. Die kauernde

Gestalt, der Traktor und der Turm umrundeten vereint den Baum und gingen dann gemeinsam den nächsten Baum an. Die Stange krachte in die Zweige, Ernie wurde bombardiert, und Billy Tully war euphorisch. Hoch droben nahe den grünen Baumwipfeln in der schwankenden Röhre, mit einem Ausblick auf kriechende Nüssesammler, die über das ganze Gebiet verteilt waren, schwang er energisch seinen Stock.

Das Herunterschlagen von den Bäumen endete gegen Mittag, und Tully und Ernie schlossen sich den übrigen an, die über die klumpige Erde krochen. Nüsse schlugen in Eimer, Eimer wurden in Säcke geleert. Dreckverschmiert redeten und wühlten sich die beiden durch den Nachmittag.

«Ich bin ein verdammter Dummkopf, daß ich meine Zeit hier verschwende», sagte Tully. «Aber man bindet sich eben. Ich hab auch meine Verpflichtungen. Glaub's mir. Ich hab da so eine Frau, und das heißt morgens um vier aufstehen und sich den ganzen Tag lang fast das Rückgrat brechen. Aber wenn ich wieder anfangen kann zu kämpfen, ist Schluß damit.»

«Klar. Irgendwie wirst du Geld verdienen und kannst morgens ausschlafen. Alles besser als das da.»

«Das ist es gar nicht so sehr. Ich werd sie verlassen so schnell ich kann.»

Er hob einen vollen Sack hoch und joggte damit zum Laster. Als seine wunden Knie wieder in den Schmutz neben Ernie fielen, sagte er: «Alles, was ich brauch, ist ein Kampf und eine Frau. Dann bin ich gemacht. Krieg ich den Kampf, krieg ich das Geld. Krieg ich das Geld, krieg ich die Frau. Es gibt Frauen, die dich lieben, wie du bist, aber es hält nicht. Ernie?»

«Ja?»

«Kümmer dich um deine Frau.»

«Ich versuch's.»

«Ich beneid dich. Wirklich, obwohl du dir hier das Kreuz brichst. Ich war verheiratet. Ich wußte gar nicht, was für 'ne gute Frau ich hatte. Laß dir bloß von niemand die Ehe kaputtmachen, Junge. Du weißt gar nicht, was du hast, bis es weg ist.»

«Sie hat schon was für sich.»

«So ist es. Unbedingt richtig. Sie hat was für sich. Das ist es genau. Da kommst du nicht drum rum. Ich hatte es gut, aber ich hab's mir verdorben.» Tully richtete sich auf die Knie auf und holte seine abgewetzte Brieftasche hervor.

«Sieht gut aus», sagte Ernie, während er den Schnappschuß in der Plastikhülle betrachtete.

«Rotschopf.»

«Sieht aus, als ob sie große Titten hätte.»

«Sie hatte große Titten, allerdings, und so was hab ich gehen lassen. Ich sag dir, wenn ich Geld hätte, würd ich ihr morgen ein Flugzeugticket schicken. Ich hätt gern ein paar Kämpfe und würd mir gern ein nettes Haus mieten. Möchtest du mal wieder in den Trainingsraum? Wir könnten ja vielleicht zusammen trainieren, mal sehen, wie ich mich fühle. Letztesmal war ich nicht gut drauf. Denk bloß nicht, daß ich das hier gern mache. Du hättest das Haus sehen sollen, das wir gehabt haben. Neuer Wagen. Alles.»

Und so kroch Tully durch den Nachmittag, erzählte die Geschichte seiner Ehe und klaubte Nüsse aus dem Dreck, bis alle Nüsse zu der verhaßten einen wurden, die er ewig in den Eimer warf.

18

An dem Tag, als Billy Tully und Ernie Munger zusammen durch die Tür des Lido Gym kamen, begann für Ruben Luna eine neue Zeit voller Energie. Er hatte ein Tief hinter sich. Nur Wes Hynes und Buford Wills trainierten noch. Seiner Frau und seinen Kindern gegenüber war Ruben so ungeduldig, daß er sie kaum ansehen konnte; seine Augen schweiften an ihnen vorbei, als ob er die Last seines Leidens verringern wollte. An Halloween hatte man ihn gezwungen, beim Heischegang mitzumachen – seine Töchter waren in Masken und Kostümen vorausgerannt, um an den Türen zu läuten, während er hinterherkam und seinen mit einem Laken kostümierten Sohn an der Hand hielt. Vom dunklen Gehsteig aus hatte er gesehen, mit welcher Lebendigkeit sie ihre Papiertüten mit Bonbons füllten, und er spürte alldem gegenüber nur äußerste Langeweile, die sinnlose Verausgabung seiner selbst, deren er nicht Herr werden konnte und die vor langer Zeit unmerklich begonnen hatte, im Namen einer Liebe, die er nicht mehr empfand. Je aufgeregter seine Kinder wurden, desto beengter fühlte er sich, und schließlich kam es ihm so vor, als ob seine Kinder und seine Frau, die ganze Stadt mit ihren erleuchteten Veranden unter einem Himmel vorüberziehender Wolken sich verschworen hätten, ihn nicht leben zu lassen. Einen Nachbarn, der zum Scherz die Hände hinter dem Rücken versteckte, bellte Ruben hinter einem Strauch hervor an: «Gibst du den Kindern jetzt die Bonbons oder nicht?» Bald verstummte er völlig. Als seine Kinder über die Straße rannten, ohne nach rechts oder links zu schauen, sagte er nichts.

Aber als er Billy Tully und Ernie Munger wieder zurück im Trainingsraum hatte, war Ruben wie elektrisiert angesichts der neuen Aufgabe. Er setzte sich eine Promotion auf lokaler Ebene in den Kopf, mit Tully als Zugpferd und Ernies erstem professionellem Auftritt in einem der Vorkämpfe. Jetzt, da Ernie verheiratet war, brauchte er Geld. Ohne Geld, befürchtete Ruben, würde er wieder das Interesse verlieren. Lieber wollte er das Risiko eingehen, ihn zu früh aus dem Amateurstatus herauszunehmen, als ihn ganz zu verlieren. Als Ernie seine Frau mit in den Trainingsraum brachte und Ruben ihren dicken Bauch sah, war er sich sicher, daß er die richtige Entscheidung getroffen hatte.

Es regnete tagelang. Die schwarzen Felder um die Stadt, an denen Ruben mit seiner Familie eines Sonntagnachmittags entlangfuhr, waren abgeerntet und ein einziger Morast. Die Gräben, in denen die Hacker, Schneider und Pflücker sich gekrümmt durch die Sommerhitze geschleppt hatten, waren jetzt nur noch strenge Linien, die in der Ferne zusammenliefen. Wildenten schwammen auf überschwemmten Feldern inmitten von Wolkenspiegelungen, und den Tag über sah man ihre Keilformationen wie Radierungen hoch über der Stadt. Die Straße hinunter, in der er wohnte, wateten seine Kinder unter kahlen Platanen im Rinnstein. Aus dem triefenden Rasen getriebene Regenwürmer lagen ertrunken auf dem Gehsteig. Nachts im Bett hörte er auf den Wind und die Tropfen, die vom Dachvorsprung fielen. Dann kamen Tage voll dichtem Nebel, undurchdringlich für die Scheinwerfer seines Pontiac, wenn er im Schritt zum Trainingsraum fuhr.

Billy Tully sparrte inzwischen, und zwischen den Runden

lehnte er über den Seilen, mit rotem Gesicht und einem Puls, den man in seiner Magengrube schlagen sehen konnte. Auf seinen Tiefschutz, den er über den Shorts trug, war mit ungefügen Strichen der Kopf eines Widders gemalt.

«Sieht toll aus», sagte Ruben.

Eines Tages rief er Owen Mackin an, Promoter am Civic Auditorium seit der Zeit, als Ruben dort noch selbst gekämpft hatte. «Owen», schrie er in den Hörer. «Ruben Luna. Luna. Billy Tully trainiert wieder bei mir. Billy Tully. Er trainiert. Owen, ich sag dir, was ich für ihn will. 'nen guten Einstiegskampf.» Er hörte Westernmusik aus der Jukebox in Mackins Bar. «Ein paar gute Siege, und er nimmt es mit jedem auf. Aber im Moment hätt ich gern jemand, der ihn so richtig in Fahrt bringt, ihm das alte Selbstbewußtsein wiedergibt. Kein Fallobst. Vielleicht 'nen guten Anfänger. Was meinst du?»

«Tully ist nicht attraktiv genug.»

«Er ist attraktiv. Er ist ein guter, sauberer Sportler und hat einiges an Siegen aufzuweisen. Er hat Klasse.»

«Vielleicht kann ich ihn in einem Ausscheidungskampf einsetzen.»

«Einem Ausscheidungskampf? Tully in einem Ausscheidungskampf? Er ist noch immer der alte. Ich will ihn in keinem Ausscheidungskampf.»

«Er ist nicht attraktiv.»

«Wir können in jedem Kampf einen Jungen aus Stockton einsetzen. Ich hab einen guten jungen Weltergewichtler für den Eröffnungskampf. Ich hab dir von ihm erzählt.»

«Weiß ich.»

«Munger.»

«Was?»

«Munger, Munger.»

«Das Risiko ist zu groß.»

«Unterschätz Tully nicht. Komm her und sieh ihn dir an.»

«Wie wär's mit Arcadio Lucero?»

«Lucero?»

«Den kann ich herkriegen. Wann wird Tully soweit sein?»

«Also, Lucero – in fünf, sechs Wochen vielleicht –, Lucero, ich weiß nicht. Das ist doch ein Schläger. Ich hab eher an einen Aufwärmkampf gedacht. Warum soll ich ihn gegen Lucero aufstellen lassen, wenn er sich grade wieder in Form bringt? Ich meine, wenn er erst ein paar gute Aufwärmkämpfe hinter sich hätte.»

«Ich glaub, Lucero kann ich dir herkriegen», sagte Owen Mackin.

«Ich sag nicht, daß er ihm nicht gewachsen ist.»

«Er hat Anhänger hier.»

«Ich glaub nicht, daß er Tully je nageln könnte.»

«Also abgemacht, ich glaub, ich krieg Lucero her.»

«Wär kein schlechter Sieg auf seiner Liste.»

«Ich könnt ihn anrufen.»

Ruben hängte ein und überlegte, daß Lucero einmal einen Namen gehabt hatte, und er wußte, daß dieser Name in Stockton noch immer etwas galt. Vor zwei Jahren hatte er Manny Chavez k.o. geschlagen, ein paar Tage, bevor Chavez' Bild auf den Titelseiten erschienen war, zusammen mit der Geschichte über seine Verhaftung wegen Heroinverkaufs an einen FBI-Agenten. Danach hatte Lucero gegen Mike Cruz gekämpft, den Gil Solis in den Ring zurückgeholt und dann, mit ein paar hundert Dollar und einem Gesicht, das schon vor dieser letzten Schlächterei, die nur über eine Runde ging, keine Angst vor Entstellung mehr fürchten mußte, wieder in Pension geschickt hatte. Diese Kämpfe hatten Lucero Fans gewonnen, aber Ruben kannte seine Gegner und deren Qualität. Was er nicht wußte, war, ob Billy Tully mehr taugte als die anderen. Als er ihn nach dem Training massierte, sinnierte er über die Festigkeit seiner Arme und Schultern. Tully lag mit dem Gesicht nach unten auf dem Massagetisch der privaten Umkleidekabine – einer fensterlosen, durch eine nackte Glühbirne erhellten und nach Schweiß und Massageöl stinkenden Kammer, deren grobe Holzwände mit den Plakaten vergangener Kämpfe bedeckt waren. Geduldig kneteten Rubens Finger die verspannten Waden und Schenkel, arbeiteten sich nach oben, hielten inne, konzentrierten sich auf bestimmte Stellen des weißen Rückens, des verbrannten Nackens, gruben sich in feuchte Achselhöhlen.

«Schläfst du? Was hältst du davon, gegen Arcadio Lucero zu kämpfen?»

«Hm. Gegen Lucero? Warum?»

«Ich glaub, du kannst ihn schlagen.»

«Ich dachte, ich soll mit was Einfachem anfangen.»

«Lucero ist ausgebrannt. Du bringst es noch. Du bist nicht mehr in Form, das ist alles.»

«Warum er?»

«Dachte, daß es ein guter Kampf werden könnte.» Seine Hände griffen zu, rieben, kniffen, wanderten zu den straffen Muskelsträngen an Tullys Nacken hinauf, kamen schließlich zur Ruhe und glitten ab.

«War's das?»

«Sollte reichen.» Ruben, dessen Arme müde waren, schlug einen forschen, gutgelaunten Ton an, um Tully auf die Beine zu bringen.

«Kam mir nicht so lang vor», sagte Tully, das Gesicht immer noch auf dem Tisch.

«Lang genug. Zieh dich an, bevor dir kalt wird.»

Stöhnend rappelte sich Tully auf Hände und Knie hoch.

In dieser Nacht, als Ruben schon im Bett war, rief Tully ihn an. Ruben stand im dunklen Flur und hörte ihm verdrossen zu.

«Also gut. Ich kämpf gegen Lucero, wenn es das Beste ist, was du anzubieten hast, und wie ich dich kenne, wird es das wohl sein. Alles, was ich will, ist ein Kampf, und den da hast du dir ja wohl aufschwatzen lassen. Aber eins möcht ich von dir wissen. Du hast immer auf mich geschissen und ich auf dich, und du wirst immer auf mich scheißen, also warum nicht auch umgekehrt? Das will ich wissen. Wenn du mit nach Panama gekommen wärst – verdammt noch mal, Ruben, ich red mit dir –, wenn du wenigstens verlangt hättest, daß man dir die Kosten ersetzt, nur diese eine Kleinigkeit, dann wär heut alles anders. Begreifst du das? Ich weiß es, aber warum begreifst du es nicht?»

«Also, jetzt hör mir mal zu. Wo bist du, was ist das Problem?»

«Was meinst du mit ‹was ist das Problem›? Was ist dein Problem?»

«Jetzt warte mal. Sag mir, was los ist.»

«Sag du mir's. Mit mir ist alles in Ordnung.»

Das Gespräch ging in einen Wortwechsel zwischen Tully und irgend jemand anderem über. Er verabschiedete sich, die Leitung war tot, und Ruben legte auf.

«Wer war das?»

«Tully. Er hat getrunken.»

Wieder unter der Bettdecke, starrte Ruben ins Dunkel, betrübt darüber, daß Tully so mit ihm redete nach all der Betreuung und Aufmerksamkeit, die er ihm hatte angedeihen lassen, aber noch betrübter beim Gedanken daran, daß Tully getrunken hatte. Das war ein persönlicher Angriff, eine Gemeinheit. Die Vorzeichen standen schlecht, und wieder einmal wurde Ruben mit der immer gleichen

Durchkreuzung seiner Willensanstrengungen konfrontiert, mit der anscheinend unvermeidlichen Schwäche, die er noch in jedem gefunden hatte und deren er auch mit größtem Einsatz nicht Herr wurde.

Am folgenden Nachmittag war Tully wieder im Trainingsraum.

«Du hast doch gestern nicht gesoffen, oder?»

«Ein paar Glas. Mach dir keine Sorgen deswegen. Ich hatte bloß 'n bißchen Spaß.»

«Du kommst nicht in Form, wenn du trinkst.»

«Ist ja gut, ich weiß. Du brauchst mir das wirklich nicht andauernd zu sagen.»

«Alkohol ist Gift für den Körper.»

«Ich bin los davon. Ich trink nicht. Ab und zu muß man einfach ein bißchen ausbrechen. Ich leb mit einer Säuferin zusammen – du weißt, wie das ist.»

Zur Tür des Umkleideraums drangen die Geräusche tropfender Duschen und des leichten Punchingballs herein.

«Schaff sie dir vom Hals», sagte Ruben, ernst, überzeugt, kompromißlos.

«Ich weiß. Werd ich. Ich weiß.» Tullys glänzende blaue Hosen rutschten unter Kleingeldgeklimper an seinen Beinen hinunter.

19

Auf dem staubigen Boden des Gangs befand sich dort, wo der Karton mit Earls Kleidern gestanden hatte, ein sauberes Quadrat.

«Ist Earl wieder raus?»

«Hm?»

«War Earl hier?»

«Earl?»

«War Earl heute hier?» wollte Tully wissen und hängte seine Jacke auf.

«Ja.»

«Warum hast du nichts gesagt?»

«Er war nur hier, um seine Sachen zu holen.»

«Das ist doch kein Grund, mir nichts davon zu sagen.»

«Ich wollte es dir grad sagen. Du bist eben erst reingekommen. Ich hatte nicht mal Zeit, den Mund aufzumachen.»

«Wie geht's ihm?»

«Gut, nehm ich wenigstens an. Er hat nicht viel gesagt. Hat seine Kleider genommen und ist gegangen. Was ist denn da dabei?» Von einer eigenartigen Angst gepackt, ging Tully zum Gasherd und riß seine Packung Steaks auf. «Hast du ihm von mir erzählt? Was hat er gesagt?»

«Nichts.»

«Erinnert er sich an mich?»

«Keine Ahnung, ob er sich an dich erinnert. Ist das so wichtig?»

«An dich erinnert er sich jedenfalls, soviel ist klar.»

«Er braucht seine Kleider, oder etwa nicht?»

«Nachdem er gemerkt hat, daß er hier nicht wieder einziehen kann.»

«Er hat nichts dergleichen gesagt.»

«Warum ist er dann hier aufgekreuzt?»

«Hab ich dir doch schon gesagt – wegen seiner Kleider. Er wußte, daß ich mit dir zusammenlebe.»

Tully riß ein Streichholz an, und eine hohe blaue Flamme schoß aus dem Gasbrenner. «Und woher?»

«Ich hab ihn schon mal vorher getroffen.»

«Wann?»

«Was soll die ganze Fragerei? Er hat vorbeigeschaut, als er entlassen wurde.»

«Warum hast du mir nichts davon gesagt?»

«Wahrscheinlich hab ich's vergessen.»

«Das soll wohl ein Witz sein.» Tully legte das Fleisch in die schwarz verkrustete Pfanne und drückte den Fettrand so lange nach innen, bis das Steak flach auflag.

«Was?»

«Nichts.»

«Ich hab gehört, was du gesagt hast.»

«Warum fragst du dann?»

«Du denkst, ich lüge.»

«Das hab ich nicht gesagt.»

«Du traust mir nicht, hab ich recht?»

«Ich versuch bloß», sagte Tully und öffnete eine Büchse Erbsen, «uns ein Abendessen zu machen.»

«Du bist so gottverdammt arrogant.»

«Wenn ich nicht kochen würd, hätten wir nichts zu essen.»

«Kein Mensch verlangt von dir, daß du irgendwas für mich machst.»

«Weiß ich. Dir bringt Trinken genausoviel.»

«Wenn du mir nichts zum Essen machen willst, kannst du es bleibenlassen.»

«Ich mach's ja.»

«Aber nicht gern.»

«Hier ist es, vor deinen Augen.»

«Ich muß nicht essen.»

«Ich mach es für *dich*!» schrie Tully.

«Ich eß es nicht, wenn du so drüber denkst.»

«Ich *will*, daß du es ißt. Ich mach es, weil ich will, daß du es ißt. Ich kann das nicht alles allein aufessen.»

Er schüttete die Erbsen in einen Topf, dessen ursprüngliche Farbe nicht mehr zu erkennen war, und hörte wieder ihre Stimme, diesmal ruhiger, seufzend, resigniert.

«Ich hab überhaupt nichts gesagt, und du regst dich dermaßen auf.» Er antwortete nicht.

«Jetzt ist er sauer. Er sagt überhaupt nichts mehr.»

Er wendete das Steak, daß das Fett zischend nach allen Seiten spritzte, stand da und starrte auf die Erbsen hinunter, bis sie heftig kochten. Mit dem ersten Bissen blutigen Fleischs im Mund sagte er zu Oma, die ihm am Tisch gegenübersaß: «Iß, bevor es kalt wird.» Sie hatte ein Glas Wein in der Hand. «Ich laß mir nichts von dir befehlen.»

«Du brauchst dein Eiweiß.»

«Ich eß nichts, wenn du so mit mir redest.»

«Willst du verhungern?»

«Das hättest du wohl gern!»

Tully schnitt ein weiteres blutiges Stück von dem Steak ab, bevor er nein sagte.

«Das wär doch die beste Lösung für dich, oder nicht?»

«Ich hab bloß eine einfache Frage gestellt», sagte er mit vollem Mund. «Jetzt mach schon. Iß.»

«Vielleicht mag ich's ja nicht.»

«Gut, dann laß es stehen. Dann hunger halt. Mir doch egal. Das ist gutes Essen. Ich mach dir ein gutes Essen, aber das läßt dich ja völlig kalt. Also vergiß es. Ich stell es beiseite und eß es morgen.» Als er die Hand in Richtung ihres Tellers ausstreckte, hielt sie ihn fest und schrie: «Ich will es! Ich eß es ja schon!»

«Ich will nicht, daß du es ißt!» brüllte er und zerrte an dem Teller.

«Jetzt läßt du mir nicht mal mehr mein Abendessen, nicht mal mehr essen läßt du mich.»

Er gab auf und fiel auf seinen Stuhl zurück. Mit Tränen in den Augen füllte sich Oma den Mund mit Erbsen. Tully war unter einer Welle feindseliger Verzweiflung der Appetit vergangen. Sie spinnt, dachte er. Plötzlich hatte er ein Völlegefühl, zwang sich aber weiterzuessen, des Nährwerts wegen. «Und?» murmelte er.

«Hm?»

«Also? Magst du es?»

«Was?»

«Nichts. Vergiß es.»

«Also verdammt noch mal, frag doch nicht was und sag dann nicht mal, was du meinst.»

«Das Essen.»

«Okay. Warum hast du das nicht gleich gesagt. Es ist gut.»

«Ich dachte, du weißt, was ich meine. Ich seh doch, daß du keine Schwierigkeiten hast, es zu essen.»

«Willst du nicht, daß ich es esse?»

«Natürlich will ich das. Ich wollte bloß klarststellen, daß du jetzt ißt.»

«Ich esse. Klar esse ich.»

«Worüber hast du dich dann so aufgeregt?»

Ihre Gabel knallte auf den Tisch. «Würdest du bitte mit diesen Sticheleien aufhören! Ich reg mich darüber auf, daß kein Mensch essen kann, wenn du mit am Tisch sitzt.»

«Du hast es noch nie so gut gehabt. Zeig mir doch mal

den Mann, der für dich kocht, damit du was im Magen hast neben all dem gottverdammten Fusel.»

«Sehr lustig.»

«Ich mein's ernst. Hättest du vielleicht die Güte, mir darauf auch mal im Ernst zu antworten?»

«Güte. Weißt du überhaupt, was das ist?»

«Antwortest du mir jetzt oder nicht?»

«Hörst du jetzt auf damit?»

«Womit? Was zum Teufel schreist du hier rum? Ich hab dich einfach bloß gefragt, ob du mir antwortest?»

«Du verfluchtes Arschloch! Du bist entschlossen, mich nicht zum Essen kommen zu lassen.»

«Mein Gott, ich geb's auf», sagte Tully, schob seinen Stuhl zurück und stand auf. «Ich hab bloß versucht, dich zum Essen zu bringen. Wenn du mich hier nicht mehr willst, dann sag Bescheid, dann verzieh ich mich.» Er ging auf den Gang, und als er seine Jacke nahm, fiel sein Blick unwillkürlich wieder auf das blanke Quadrat auf dem Boden.

«Wo gehst du hin?»

«Ich geh mal um den Block, damit du in Ruhe essen kannst. Das willst du doch.»

«Kann ich mitkommen?»

«Ich bin gleich wieder da.»

«Du gehst was trinken und läßt mich hier allein.»

«Ich hab in einer Woche einen Kampf. Glaubst du wirklich, daß ich mich betrinke?»

«Du nimmst mich nirgendwohin mit, aber du schleichst dich bei der ersten Gelegenheit weg.»

«Okay, okay. Alles, was ich tu, ist falsch. Ich kann dir nichts recht machen.»

«Billy, warte. Ich mach mich nur zurecht. Ich kämm mich nur noch schnell. Sind meine Schuhe dort drüben?»

Er ging zur Tür hinaus. Ihre Rufe verfolgten ihn, während er leise die Treppe hinunterstieg. Draußen, endlich allein, als er mit weitausholenden Schritten über das nasse Pflaster ging, erlebte Tully einen Moment des Einsseins mit seiner Frau. Das Gefühl war so stark, daß er sich sicher war, daß sie, wo immer sie sich befand, in diesem Moment an ihn dachte. Undenkbar, daß sie nicht mehr allein lebte. Er sah sie nicht vor seinem inneren Auge, aber er konnte sich ihr Leben nur leer vorstellen.

In einer Uptown-Bar, in der ihn Oma nicht suchen würde, war sie noch immer bedrückend gegenwärtig. Jetzt dachte er, er hätte auf sie warten sollen. Obwohl er sie nicht bei sich haben wollte, fühlte er sich schuldig, weil er sie nicht mitgenommen hatte, und dieser unausweichlichen Konfusion wegen haßte er sie. Es sah so aus, als ob er nicht tun könne, was er wollte. Was er tat, war entweder das, was sie wollte, oder es wurde ihm verdorben, weil es ihren Wünschen entgegenlief. Gequält sehnte er sich danach, sie los zu sein. Wenn Earl sie will, kann er sie haben, dachte er ärgerlich. Aber warum sollte er? Sie war eine Weiße, vielleicht genügte das. Zum erstenmal wurde Tully klar, daß er sie guten Gewissens verlassen konnte. Es gab jemanden, der seinen Platz einnehmen würde. Und da er wußte, daß er sich vor dieser Erkenntnis bis jetzt gedrückt hatte, stieg eine Angst in ihm hoch, die ihm Herzklopfen verursachte.

Warum er Ruben Luna nochmals anrief, wußte er nicht so genau. Was er ihm mitgeteilt haben mußte, war, daß er betrunken sei, denn sein Manager kam und holte ihn. «Sie macht mich fertig», sagte Tully im Wagen. «In dieser Beziehung hast du recht. Ich weiß es.»

Während Rubens kleine und untersetzte Frau in ihrem geblümten Morgenrock und in pelzbesetzten Hausschuhen, das lange schwarze Haar zum Zopf gebunden, im Hausgang stand, richtete ihm Ruben ein Bett auf dem rosa Sofa.

20 Der Greyhound Richtung Norden fuhr dröhnend in Stocktons abgasgeschwängerten Busbahnhof ein, und unter den Passagieren, die ihn einer nach dem anderen mit steifen Gliedern verließen, befand sich ein kleiner Mexikaner, der einen Kamelhaarmantel und spitze, hochhackige gelbe Schuhe trug. Arcadio Lucero, dem der Kopf weh tat und in dessen Gedärmen es nach der langen Fahrt von Calexico brodelte, stieß die Tür zur Eingangshalle des Busdepots auf und erklomm die Stufen zur Herrentoilette, wo er in einer schlecht beleuchteten Kabine verständnislos auf eine Inschrift starrte, die in den Metallbehälter für Toilettensitzbezüge eingeritzt war: *Mexikanische Dinnerjackets.*

Im Wartesaal kaufte Lucero sich ein Päckchen Kaugummi und eine Zeitung. Er kaute heftig, während er seinen prallvollen, mit Riemen zusammengehaltenen dehnbaren Lederkoffer einige Blocks weiter zum Lincoln Hotel trug. Im Wandschrank eines Zimmers mit Blick auf die Lichter und den Verkehr der El Dorado Street hängte er seinen Mantel über einen Drahtbügel. Er trug einen zerknitterten türkisfarbenen Anzug und ein weißes Strickhemd. Die Jacke des Anzugs war lang und hatte zwei tiefsitzende Knöpfe. Darunter kreuzten sich die Bänder seiner Hosenträger und eines Pistolenhalfters. Mit der Hand auf dem langen Reißverschluß seiner Hose und offener Jacke lag er auf dem Bett und hörte auf den Straßenlärm und die Geräusche in seinen Gedärmen.

Von Mexico City bis zur Grenzstation Mexicali hatte Arcadio Lucero Comics gelesen und im Liegebett eines Pullmans geschlafen, war durch grelle Sonne und sternenerhellte Dunkelheit gefahren, durch farbloses, unfruchtbares Land, vorbei an Dörfern aus ungebranntem Lehm, kleinen und großen Städten, Bergen, Wüsten, schließlich an Silos und bebauten Feldern entlang. Er hatte aus lauwarmen Flaschen, die in Körben durch den Zug getragen wurden, Limonade getrunken und hauptsächlich das gegessen, was von den Scharen schreiender Händler bei den unzähligen Aufenthalten in den Zug gebracht oder zu den Fenstern hochgehalten wurde. Barfüßige Mädchen und Frauen waren mit Pfannen voller Ziegenfleisch und großen Körben mit *chicharrones*, heißen, in Tuch gewickelten Tortillas, den Gang entlanggekommen. Jungen, Männer, alte zahnlose Weiber waren neben dem bereits wieder anfahrenden Zug hergelaufen, hatten lauthals Bananen, Guaven, Mangos, Papiertüten mit Eis in verschiedenen Geschmacksrichtungen und auf der ausgestreckten Hand schimmerndes Jello feilgeboten, ihm etwas hinaufgereicht und sein Geld befingert, waren schneller gerannt, um ihm sein Wechselgeld zurückzugeben, oder langsamer, grinsend, achselzuckend, während der Zug davonfuhr. Irgendwo hatte er einen halben gebratenen Kuhkopf gekauft und, ihn am Horn haltend und Zeitungspapier im Schoß, verzehrt. Was den Durchfall verursacht hatte, wußte er nicht. Aber das war ihm schon öfter passiert, und gleich würde er in einen Drugstore gehen.

Über seinen weiten Hosenbeinen öffnete er die Zeitung. Auf einer Seite mit einem Foto von Basketballspielern starrte er so lange die Druckspalten an, bis sich sein Name aus den unergründlichen Worten herauslöste. Er zog ein kleines Messer mit einem aus Knochen geschnitzten Griff aus der Hosentasche, faltete die Zeitung entlang der Ränder des Artikels, schnitt ihn aus, warf den Rest der Zeitung auf den Boden und starrte mit zusammengekniffenen Augen auf den ausgeschnittenen Artikel; seine Lippen bewegten sich lautlos, sobald er auf seinen Namen stieß.

Von Billy Tully wußte er nichts, und es war ihm lieber so. Er ging dahin, wo es Arbeit gab, und wer seine Gegner waren, war ihm inzwischen gleichgültig geworden. Er kümmerte sich nur um sich selbst, seine Gesundheit, seine Kondition und seine Hände. Da er seine Linke am Schädel eines Gegners gebrochen hatte, war er seit vier Monaten nicht mehr im Ring gewesen, und obwohl die Hand mehrere Wochen lang eingegipst gewesen war, hatte sie weh getan, als er im Trainingsraum versucht hatte, damit zuzuschlagen. Also hatte er pausiert, und eines Tages erstand er von einem Händler vor einer Kirche für zwei Pesos ein silbernes *milagrito* in Form einer winzigen Hand. In der Kirche küßte er den bemalten Fuß der Jungfrau und den Saum ihres mit Hunderten von silbernen Herzen, Beinen, Armen, Pferden, Kühen und Schweinen bestückten Gewandes, und auf ein kleines, noch leeres Stück des purpurnen Samts steckte er seine Hand auf. Der Schmerz war weg, als er das nächste Mal ins Baños Jordan ging und mit der Faust gegen einen schweren Sandsack schlug.

Er hatte das Training wieder aufgenommen und war, da bei seinem Manager verschuldet, bald aufgestellt worden. Im Zug hatte er auf der Herrentoilette schattengeboxt, und bei jedem Halt war er ausgestiegen und an den stehenden Wagen auf und ab gerannt. Früher war er häufig mit weniger Training in einen Kampf gegangen; er hatte ganz ohne Training gekämpft und sich in Form gehalten, indem er bisweilen zwei- oder dreimal die Woche kämpfte. Von seinen ersten Kämpfen als vierzehnjähriges Fliegengewicht an war er oft nach nicht im Bett verbrachten Nächten, mit halbverheilten Platzwunden, gebrochener Nase, Halsschmerzen, Fieber oder Geschlechtskrankheiten in den Ring gestiegen und hatte gelernt, daß er sich auf seinen Körper verlassen konnte. Einige Male war er zu Boden gegangen und liegengeblieben – nicht aus Angst, sondern aus dem sicheren Gefühl heraus, sonst ernstlich zusammengeschlagen zu werden – und auch das schien ihm gerechtfertigt zu sein, denn sein Körper ernährte ihn. Er hatte früh gelernt zu überleben, und er hielt sich jetzt schon seit fünfzehn Jahren.

Arcadio Lucero hatte mit einer verzweifelten Wut und schonungslosen Härte zu boxen begonnen, erlernt in den Auseinandersetzungen mit anderen Schuhputzerjungen in den *zocalos* von Oaxaca, wo er nach dem Tod seiner Mutter auf den Bänken unter den Bäumen geschlafen hatte. Im Winter hatte er, in eine *serape* gewickelt und eine Wollmütze auf dem Kopf, die Nächte durchgehustet und hatte gefroren und so wenig geschlafen wie die anderen Jungen und Männer um ihn auch, und obwohl er seine Mutter vermißte, vermißte er keine frühere Bequemlichkeit. Zu ihren Lebzeiten hatte er an seinen Bruder und seine Schwester geschmiegt auf dem Gehsteig geschlafen, während seine Mutter vor sich hin döste und den Kohlengrill in Gang hielt, auf dem sie für eventuelle späte Passanten ein oder zwei Maiskolben warm hielt. Sie war eine Zapotekin, und sie hockte tagaus, tagein auf diesem Platz und verkaufte mit Limonenscheiben belegte und mit Salz und Chili gewürzte Maiskolben, während er und sein Bruder vor Cafés und *cantinas* und auf den ungepflasterten Straßen des Marktes herumlungerten, Hunde verscheuchten, bettelten oder geparkte Wagen, Karren, beladene Maulesel und *burros* bewachten. Harte schwarze Maiskolben waren sein tägliches Frühstück gewesen, bis zu jenem kalten Morgen, als er am erloschenen Feuer aufwachte und sah, daß seine Mutter mit aufgerissenem Mund auf der Seite lag. Seine Schwester, das jüngste der Kinder, war schon früher gestorben. Sein Bruder verließ die Stadt mit einem Bauern, und Arcadio ging mit einer Büchse Schuhwichse in den Park.

Diese ersten verzweifelten Kämpfe in Oaxaca und Tuxtla Gutiérrez war er mit verbissener Hingabe angegangen. Trainiert hatte er ab und zu in einem schmutzigen Raum, gekämpft hatte er unter Dächern, auf die der Regen herabprasselte und von denen Wasser in den Ring tropfte, dann war er nach Norden gezogen, und mit sechzehn war er in der Grenzstadt Juárez gelandet, wo er lang genug blieb, um ein Kind zu zeugen. Als er in Mexico City ankam, war er kein Kind mehr, sondern ein mit allen Wassern gewaschener, gewiefter Schläger mit den Narben eines alten Kämpfers auf seinem breiten Indianergesicht. Er wog 126 Pfund.

Da er jetzt in der Hauptstadt kämpfte, konnte er sich einen Anzug und neue spitze Schuhe mit hohen Hacken leisten. Er ließ seine dichten Haare wachsen und kämmte sie über die Ohren nach hinten. In einem Ohrläppchen trug er ein winziges goldenes Medaillon. Bald erschien sein Bild in den Boulevardzeitungen. Dann sammelten sich die Fans im Trainingsraum um ihn. Junge Männer standen an den Seilen, wenn er sparrte, umdrängten ihn am Punchingball, und einer von ihnen stand über ihm auf der vibrierenden Plattform, um mit seinem Gewicht die Gewalt seiner Schläge auszugleichen.

Das Coliseo war gebaut wie eine kleine Stierkampfarena, rund, mit Maschendraht vor den Balkonrängen, um die Boxer, den Ringrichter und die Zuschauer in den Logen vor Flaschenwürfen und Waffen zu schützen, die den suchenden Händen der Polizisten am Eingang beim Abklopfen jedes Besuchers von den Achselhöhlen bis hinunter zu den Fußknöcheln entgangen sein mochten. Oft ergoß sich am Ende seiner Kämpfe ein wahrer Münzenregen durch den Maschendraht und aus den Logen über ihn. Wenn er die Arena verließ, vorbei an den lahmen und blinden Bettlern, die vor den Eingängen noch immer klagten und sangen, wurde Lucero von einer Schar Bewunderer verfolgt. Manchmal waren es an die zwanzig, die ihn die unbeleuchteten Straßen hinauf begleiteten, ihm schmeichelten, durcheinanderschrien und mit ihm an jeder Straßenecke warteten, bis der letzte der Schar sie eingeholt hatte – ein lächelnder junger Krüppel, der sich auf einem Stück Gummireifen über das Pflaster schleppte. Und dort, im Dunkel, mit glimmenden parfümierten Zigaretten um sich, während er der mühsam näher kommenden gekrümmten Gestalt mit den hilflos zuckenden Beinen da unten zusah, spürte er für Augenblicke, daß die Vorsehung grenzenlos war.

Er schlug den nationalen Champion im Fliegengewicht k.o. und wurde nach einem erfolgreichen Jahr selbst k.o. geschlagen. Er reiste weiter herum, besiegte Stadtgrößen in ganz Mexiko, aber die wichtigen Kämpfe begann er zu verlieren. Lucero war verbraucht. Er hatte fast zweihundert Kämpfe hinter sich. Was aus ihm werden sollte, wenn er nicht mehr konnte, wußte er nicht, also dachte er nicht darüber nach. Vor ihm lag nur der morgige Kampf und, eine Woche später, ein weiterer in Los Angeles, wenn er diesen überstand. Eine Niederlage durch K.o. hätte eine Suspension von dreißig Tagen zur Folge.

Auf der Straße fand Lucero einen Drugstore mit einem mexikanischen Verkäufer. Vom Laden aus wählte er die Nummer an, die ihm sein Manager in Mexico City gegeben hatte, und zu der Stimme am anderen Ende sagte er: *«Bueno? Gil Solis? Estoy aquí – Arcadio Lucero. Tengo un cuarto en el Hotel Lincoln.»* Mit einer Aluminiumpackung großer flacher Tabletten ging Lucero die Straße hinauf zum El Tecolote. Im Fenster war sein Bild auf einem Plakat. Er beugte sich in dem trüben Licht vor und schaute sich Billy Tully – der, wie er sah, auch nicht mehr so jung war – und sich selbst an. Er hatte zehn Pfund zugenommen seit der Zeit, als das Foto entstanden war. Trotzdem war deutlich zu sehen, daß der Barkeeper ihn erkannte.

«Coca-Cola», sagte er und stieg auf den Barhocker. Das letzte Mal, als er eine Nacht in dieser Stadt gewesen war, hatte er hier getrunken. Die Bar war voll gewesen bis zur Sperrstunde, die Jukebox hatte gedröhnt, und Fremde hatten ihn umarmt. Er erinnerte sich, daß er in einem Auto voller Männer und Frauen herumgefahren war, und er erinnerte sich, daß er mit seiner Pistole aus dem Fenster in die Luft gefeuert hatte.

Lucero steckte sich eine Tablette in den Mund, trank einen Schluck aus der Flasche, rülpste und stieß die Luft durch die Nase aus. Eine Art wohliger Zufriedenheit erfüllte ihn. Der Barkeeper ging an die andere Seite des Tresens hinüber. Aus den Augenwinkeln sah Lucero die Gesichter seiner Landsleute, die sich nach ihm umdrehten und ihn anschauten, und er fühlte sich zu Hause, oder jedenfalls so zu Hause, wie er sich je irgendwo fühlte.

21

Nach einem Steak-Essen mit Ruben und einem abendlichen Spaziergang durch die El Dorado Street ging Billy Tully ins Oxford Hotel zurück, wo er in den vergangenen Wochen nüchtern und allein übernachtet hatte. Doch nun, da er nach einem müßig verbrachten Tag früh im Bett lag, begann er, an Oma und an den Kampf zu denken. Obwohl er Oma seit dem Abend, als er sie verlassen hatte, nicht mehr gesehen hatte, fühlte er sich nicht frei. Irgendwie, meinte er, war es nicht richtig, hierzusein, er tat ihr weh und würde morgen dafür büßen müssen. Er ging in Gedanken den Aufbau seiner Verteidigung durch, sah sich zuschlagen und ausweichen, bis er Angst bekam, er könne nicht einschlafen. Er wälzte sich herum und streckte sich, aber er fand keinen Schlaf. Dann stöhnte er im Glauben, es sei schon Morgen, zutiefst gepeinigt auf, sprang aus dem Bett und stieß gegen eine Wand. Er sah auf seinen Wecker und dann auf die Uhr, die über der erleuchteten Treppe vor seinem Zimmer hing, und begriff, daß er erst seit einer Stunde im Bett war. Er schlüpfte wieder unter die Decke und studierte die Auflistung mexikanischer Kampfergebnisse in der Zeitschrift *Ring*. Obwohl Arcadio Lucero nirgends erwähnt war, irritierte ihn die hohe Anzahl der K.o.-Siege, die in Mexiko im Laufe eines Monats vorkamen. Es waren so viele, daß der Korrespondent sich einen Spaß daraus gemacht hatte, bildhafte Ausdrücke dafür zu finden: niedergemacht, demoliert, auf Eis gelegt, weggeputzt, in Tiefschlaf versetzt. Und diese unbekannten besiegten Mexikaner deprimierten Tully so, daß er mit schrecklicher Klarheit erkannte, daß dies ein Sport für Verrückte war. Er knipste das Licht aus und träumte, er könne nicht schlafen.

Am nächsten Abend fuhr ihn Ruben zum Civic Memorial Auditorium, einem lehmfarbenen Gebäude mit kannelierten Säulen, Statuen von Bären, die mit aufgerissenen Schnauzen den Eingang bewachten. Über der hellerleuchteten Fassade, unter einer Inschrift, die mit *Morgen und für alle Zeit* begann und am anderen Ende des Gebäudes mit *Verteidigung der Freiheit* endete, flatterte ein blau-weißes Banner: *Heute abend Boxen.* Eine Schlange früh Angekommener erstreckte sich vom Schalterfenster bis auf den betonierten Gehweg hinaus. In der Lobby, die bereits voller Mexikaner und Rauch und durchdrungen von den Rufen von Programmverkäufern war, wartete eine Gruppe ortsansässiger Boxer auf freien Einlaß. An den Platzanweisern mit ihren Kriegsveteranenmützen vorbei eskortierte Ruben sie zu den Logen. Er ging mit Tully zum Umkleideraum weiter, wo Ernie Munger, der in schwarzem Hemd und schwarzen Shorts auf einem Tisch lag und dessen Nacken längst nicht mehr dünn war, sondern vor Muskeln strotzte, sie mit völlig ausdruckslosem Gesicht begrüßte.

Ernie bestritt den Vorkampf, und Tully sah ihm von einem der hinteren Sitze am Gang aus zu. Beim Sparring hatte Ernie ihn ab und zu benommen geschlagen, aber was er jetzt sah, war nur ein weiterer Boxer in einem Vorkampf. Ernies Sieg nach vier Runden besserte Tullys Laune nicht. Er ging zum Umkleideraum zurück und begann nervös Luft aufzustoßen, als Ernie mit blutenden Lippen und geschwollener Nase an Rubens und Babes Seite hereinkam.

«Er hat diesen Pinkel glatt überrannt», sagte Ruben und suchte besorgt Tullys Blick. «Du solltest dich fertig machen. Wie fühlst du dich? Alles in Ordnung?»

«Ja.»

«Hast du dein Essen verdaut?»

Tully konnte nicht antworten. Er wartete mit offenem Mund.

«Billy?»

Er stieß ein wenig Luft auf, es klang wie ein Seufzer.

«Hast du was gegessen?» flüsterte Babe.

«Mein Gott, du hast doch jetzt nicht etwa Bier getrunken, oder?»

Endlich löste sich ein satter Rülpser.

«Bist du krank?»

«Nein.»

«Er hat gut zu Abend gegessen. Steak. Wir waren in 'nem guten Restaurant, aber vor schlechtem Essen ist man ja nirgends sicher. Du hast wirklich nachher kein Bier getrunken?»

«Verdammt noch mal. Nein.»

«Okay, reg dich nicht auf. Du bist genau in der richtigen Stimmung. Das ist gut. Halt sie. Du kriegst ihn.»

Tully zog seine Hosen, das neue blaue Hemd, den neuen Pullover mit V-Ausschnitt, die Socken und die Unterwäsche aus, die Ruben ihm gekauft hatte, damit er nicht zu Oma gehen mußte, um seine Kleider zu holen. Der Schweiß lief ihm an den Armen hinunter, als er seinen Tiefschutz, seine hellblauen Shorts und den glänzenden purpurfarbenen Mantel anzog. Er saß abwesend und nervös da, während Ruben schnell und fachmännisch die Baumwollgaze von den Handgelenken bis zu den Fingern hin zu festen Bandagen wickelte. Als die Bandagen festgeklebt und mit Schlägen gegen Rubens Handfläche getestet worden waren, nahm Tully seine Brücke aus dem Mund – die beiden oberen Schneidezähne – und begann, durch den Raum zu tänzeln und mit den Füßen zu scharren, ließ die Fäuste vorschnellen und schnaufte durch die Nase.

Als Tully durch die ihm zugewandten Gesichter den Gang herunterkam, war Arcadio Lucero in rot eingefaßtem schwarzem Satin bereits im Ring, sein indianisches Profil zeigte keine Regung. Auf dem Rücken seines Mantels war in blitzenden grünen, blauen, roten und goldenen Pailletten das Bild der Jungfrau von Guadalupe aufgestickt. Mit Gil Solis und Luis Ortega hinter sich, die an diesem Abend seine Sekundanten und Helfer waren, wartete er, ohne sich groß zu bewegen, die Arme an den Seiten und träge den Kopf hin und her rollend. Tully, der hinter Ruben die Stufen hinaufging und mit einer unbeschwerten, schnellen, vor Jahren als Amateur eingeübten Bewegung zwischen den auseinandergehaltenen Seilen durchtauchte, empfand nur Ungeduld. Es war ein altes, erinnerungsgeladenes Gefühl, endlich dort angelangt zu sein, wo man nicht mehr zurück konnte. Er stand im Ring, ein Handtuch über dem Kopf, und er wollte kämpfen und es hinter sich haben.

Der Ankündigung von Luceros Namen folgte Beifall seiner Anhänger von der nur zur Hälfte besetzten Galerie.

Tully wurde der Mantel über die Boxhandschuhe gezogen, der Mundschutz über die Zähne geschoben, und dann war er allein in seiner Ecke, die Arme noch immer gebräunt von der Arbeit auf den Feldern, der Oberkörper blaß, die Tätowierung einer fliegenden Schwalbe auf jeder Brusthälfte.

«Bleib weg von ihm» war das letzte, was er hörte, bevor die Glocke anschlug. Aber Lucero kam nicht. Der Mexikaner wartete an den Seilen. Tullys erster Schlag wurde nicht erwidert. Wachsam ging er außer Reichweite, federte auf den Zehenspitzen, pirschte sich wieder an, ließ seine Linke vorschießen, und Lucero, den der Schlag auf seine hochgewölbte Nase getroffen hatte, schwankte in die Seile zurück. Dort lehnte er, ohne zu zucken, als Tully eine Finte machte, und reflexartig schmetterte Tully Jabs, Cross-Schläge und Haken gegen dieses narbige und geduldige Gesicht. Dann erwischte ihn ein Schlag, den er nicht einmal hatte kommen sehen. Er griff nach Luceros Armen und wurde in der Herzgegend getroffen. Er zog sich zurück, federte, atmete tief durch, und als er wieder nach vorn ging, schoß Lucero aus den Seilen heraus auf ihn zu und schlug ihn schwindelig. Am Ende der ersten Runde kehrte er zu zwei ernsten Gesichtern zurück.

Lucero kämpfte weiter an den Seilen, manchmal saß er fast auf dem mittleren. Aber erst am Ende der zweiten Runde, als Tully ihm die Linke tief in den Bauch rammte und ihn ächzen hörte, merkte er, daß hinter Luceros Phlegma vielleicht etwas anderes steckte als Berechnung.

Wasser lief über Tullys Kopf. Man zog ihm die Shorts vom Bauch weg und kippte kaltes Wasser über die Geschlechtsteile. Rubens Hände machten sich wie die eines Friseurs an seinem Gesicht zu schaffen, drehten es hin und her, wischten es ab, klopften es, schmierten frische Vaseline drauf. Die mit Band verklebte Flasche wurde Tully an die Lippen gehoben, und er spülte sich den Mund aus, drehte sich um und spuckte in den Eimer.

«Ich hab ihn in den Bauch getroffen.»

«Biet dich nicht so an. Bring ihn in Bewegung.»

«Sein Bauch ist der schwache Punkt.»

Lucero wartete in seiner Ecke, und Tully ging auf ihn los und zielte auf den Körper. Er wurde festgehalten, landete eine Rechte in der Nierengegend, befreite sich und ratschte mit den Daumen und der Schnürung seiner Handschuhe kräftig über Luceros Augen, als er ihn von sich stieß. Während er außer Reichweite ging, machte er die Deckung auf, aber Lucero verfolgte ihn nicht. Um Zeit zu gewinnen, federte Tully herum und startete Scheinangriffe, und als vereinzelte Buhrufe von der Galerie kamen, verlagerte er sein Gewicht voll auf beide Füße, die Arme an den Seiten, und streckte sein ungeschütztes Kinn vor. Lucero kam näher, aber als Tully zurückwich, blieb er stehen und wartete. Er wollte die Führung nicht übernehmen, und so ging Tully unwillig wieder auf ihn zu und ließ die Linke sinken, um einen Haken gegen seinen Körper zu schlagen. Da explodierte ein weißes Licht, und er ging zu Boden. Auf dem Rücken liegend strampelte er mit ausgestreckten Beinen, um wieder hochzukommen, und er schaute zu den Lichtern und dem gerafften braunen und blauen Stoffbehang hoch oben unter der Decke hinauf, wo eine riesige goldene Quaste hing, und die ganze Szene war durch eine Zickzacklinie diagonal gebrochen, wie bei einem Sprung in einer Fensterscheibe. Er erinnerte sich weder daran, wie er aufgestanden war, noch, wie er die Runde durchgestanden hatte. Er erinnerte sich nur an die Lichter, die goldene Quaste und den gesprungenen Stoffbehang, dann an den in den Augen brennenden Ammoniakschock in Luceros Ecke, wohin er ihm nach dem Glockenschlag gefolgt war und wohin ihm wiederum Ruben gefolgt war, um ihn zu seinem eigenen Schemel zurückzuführen. Die Zickzacklinie schnitt die Seile in zwei Teile. Kaltes Wasser rann ihm in Strömen über den Kopf. Er spürte, wie ein Baumwolltupfer sich auf eine Wunde über seinem Auge preßte. Als er zu Rubens Gesicht aufschaute, konnte er sein Kinn nicht sehen. Alles war in einen glitzernden Nebel gehüllt, und Schmerzen zogen sich von seinem Scheitel zu den Schläfen und zur Schädelbasis hin. Wieder wurde ihm das Ammoniak unter die Nase gehalten, und jetzt konnte er Rubens Kinn sehen, aber es war zur Seite verschoben.

«Wie geht's?» Der Ringrichter, in dessen Gesicht die gezackte Linie pulsierte und dessen Kinn gleichfalls nicht an der richtigen Stelle saß, nahm ihn genau in Augenschein.

«Gut.»

«Er ist okay», sagte Ruben. Beim Klang der Glocke schob er Tully vom Stuhl hoch.

Lucero stürmte durch den Ring, und Tully ging in Position, wurde in die Enge getrieben, getroffen und bekam dann die um sich schlagenden Arme zu fassen. Er lehnte sich vor und klammerte, hielt seine Verletzung von Luceros Kopf weg, landete einen Kopfstoß und wurde weggezogen. Er wurde von neuem getroffen und hielt Lucero wieder an den Armen fest. Der Ringrichter zog und schob; sie wurden getrennt. Von der Menge angefeuert, griff der Mexikaner an, und Tully zog sich zurück, duckte sich, wich aus und torkelte unter den Schlägen. Gegen Ende der Runde war die gezackte Linie aus seinem Blickfeld verschwunden, und Lucero, der durch den Mund atmete, war langsamer geworden. Kurz vor dem Glockenschlag schlug Tully ihn hart in den Magen.

In den folgenden Runden wurde Lucero noch langsamer und kämpfte jetzt, als wolle er nicht in erster Linie gewinnen, sondern hauptsächlich durchhalten; er holte aus, wenn er bedrängt wurde, und schlug oft überhaupt nicht zurück, wenn Tully aus der Distanz Jabs austeilte. Zufrieden damit, Punkte einzusammeln und wenig einstecken zu müssen, schlug Tully zu und zog sich zurück. In der zehnten Runde wurde Lucero schneller, aber Tully ließ unaufhörlich Schläge auf ihn niederprasseln, und nach der Glocke stand Lucero da und hielt sich erschöpft am obersten Seil fest, das Gesicht nach unten in Richtung Segeltuch.

Als Tullys Sieg verkündet wurde, zog Ruben ihn auf die Füße, faßte ihn um die Oberschenkel und hob ihn schwankend in die Höhe, einem bescheidenen Applaus und vereinzelten, aber leidenschaftlichen Buhrufen entgegen. Das Handtuch rutschte Tully vom Kopf, als die beiden seitwärts durch den Ring wankten, seine Arme gingen auf und ab wie Flügel, im Versuch, die Balance zu halten. Schließlich plumpsten seine Füße wieder auf die Leinwand, und Lucero legte ihm mit zu Schlitzen geschwollenen Augen und blutverklebten Nasenflügeln den Arm um den Nacken. Kopf an Kopf, ein Grinsen auf den blutigen Lippen, stellten sie sich dem Fotografen der Lokalpresse, wobei der Ringrichter Tullys schlaffen Arm hochhielt und Ruben versuchte, ihm den purpurnen Satinmantel umzulegen, während er sein grobgeschnittenes Gesicht hinter Tullys Schulter der Kamera zuwandte.

Die Scheinwerfer über dem Ring waren bereits abgeschaltet, die Zuschauer waren aufgestanden und verstopften die Gänge, als Lucero, wieder in seinem schwarzen Satinmantel mit dem Paillettenbild, mit gesenktem Kopf und erhobenen Fäusten dastand und von seinen enttäuschten Landsleuten einen mageren Schlußapplaus entgegennahm. Er verließ den Ring, Tully folgte, und im Abstand von ein paar Metern trotteten die beiden mit ihren Betreuern zu den Umkleidekabinen zurück.

Mit dicker, wunder Nase und einer ganzen Reihe von Pflastern, die die Wunde auf seiner geschwollenen Braue verklebten, ging Tully in die Lobby hinaus, wo sich die Boxer und ihre Manager versammelt hatten. Arcadio Lucero, der jetzt einen Kamelhaarmantel und gelbe Schuhe mit Cowboyabsätzen trug, stellte sich ernst und mit verschwollenem dunklem Gesicht zu Gil Solis, Ruben, Babe und Owen Mackin. Mackin, ein älterer Mann mit einem Hörgerät und einer großen quergeschlagenen Nase, klopfte ihm auf die Schulter und rief: «Guter Junge. Wir mögen dich. Guter Junge.» Und als er Tully sah, rief er: «Du hast einen guten Kampf geliefert, Billy.»

«Er war großartig heut abend», sagte Ruben.

«Hast du es?» fragte Tully.

«Alles in Ordnung.»

«Wieviel?»

Ruben hob beschwichtigend die Hand.

«Geht schon in Ordnung, wir kümmern uns gleich drum.» Er beugte sich zu Tullys Gesicht hinüber. «Sieht gut aus. Das heilt bald, das ist nichts.» Dann redete er wieder mit Owen Mackin. «'n paar Wochen, und er ist wieder soweit. Nächstesmal wird es ausverkauft sein. Der Junge ist großartig. Soll mir keiner sagen, der Junge ist nicht großartig. Erster Kampf in zwei Jahren, und er hat 'ne perfekte Kondition. Er raucht nicht, hast du das gewußt? Rührt keinen Tabak an. Dieser Kampf war genau das, was er gebraucht hat. Jetzt nimmt er's mit jedem auf. Der geborene Sieger. Er ist das interessanteste Leichtgewicht in ganz Nordkalifornien. Was hältst du von meinem Kleinen im Vorkampf? War er nicht phantastisch? Ernie, komm mal her.»

«Laß uns gehen», sagte Tully.

«Wir gehen ja schon. Sekunde noch.»

Ernie Munger, der mit Faye am Eingang gewartet hatte, schlenderte herüber, die Hand auf Fayes Rücken; ihre graue Jacke stand offen, und ihr Bauch war riesig unter einem gelben Umstandskleid. Sie blieb ein paar Schritte von der Gruppe entfernt stehen, und Ernie kam allein herbei, die Hände in den Hosentaschen.

«Ich geh besser.»

«Du warst großartig. War der Junge nicht Spitze? Der

erste Profikampf, und er bleibt eiskalt. Der Junge hat Mut.»

«Ich mach mich besser auf die Socken.»

Ruben zog seine Brieftasche heraus und trat mit Ernie beiseite.

«Gib's nicht alles beim Kinderarzt aus», sagte Gil Solis, ein verzerrtes Lächeln auf seinem angespannten Kämpfergesicht.

Tully sah Ernie und seiner Frau nach, wie sie durch die offene Tür hinausgingen. Jenseits einer dunklen städtischen Rasenanlage und gelbbrauner Blumenbeete schob sich ein Scheinwerferpaar nach dem anderen durch den Nebel die El Dorado Street hinauf.

«Der Junge ist gut. Früh zu Hause bei seiner Frau. Er hat alles: Beweglichkeit, Klasse. Frag Tully, der hat ihn entdeckt. Stimmt's?»

«Er ist in Ordnung.»

Ruben klopfte ihm auf den Rücken.

«Aber der hier – zwei Jahre draußen und so scharf wie eh und je.»

«Ich glaub, wir gehn», sagte Gil. «Vámonos, eh?»

Lucero zuckte die Achseln, hängte seine Tasche um und verabschiedete sich mit einem liebenswürdigen Lächeln, bei dem er seine abgebrochenen weißen Zähne entblößte, von allen mit Handschlag.

Draußen in der Kälte teilte Ruben Tully mit, er habe 241 Dollar verdient. «Du warst zu lang weg. Nächstesmal verdienst du das Dreifache.»

«Wie hoch ist mein Anteil?»

«Nun, ich hab dir einiges vorgeschossen. Ich muß was davon zurückbehalten, aber ich will auch nicht, daß du umsonst kämpfst. Wir haben dich wieder auf die Füße gebracht. In drei, vier Wochen bist du wieder soweit. Ich sag dir was, warum bezahl ich dir nicht einfach dein Zimmer und dein Essen weiter?»

«Ich trinke nicht mehr.»

«Ich weiß, ich weiß.»

«Ich schmeiß es nicht zum Fenster raus. Es war diese Scheidung, die mich fertiggemacht hat. Jetzt, wo ich wieder kämpfe, will ich zu meiner Frau zurück und brauche Geld. Nimm dir deinen Anteil, und ich zahl meine Rechnungen selber.»

Sie parkten vor dem Oxford Hotel, und Ruben blätterte ihm hundert Dollar hin. «Es ist die verdammte Mühe nicht wert», sagte Tully, öffnete die Wagentür und schaute zurück auf den Verkehr, der die Einbahnstraße heraufkam.

«Ich hab dir den Vorschuß unter der Bedingung gegeben, daß du ihn zurückzahlst. Ich hab vier Kinder. Aber sobald wir einen anderen Kampf unter Vertrag haben, beteilige ich dich. Steig nicht auf der Seite aus, du wirst überfahren. Mach die Tür zu. Rutsch rüber und steig auf dieser Seite aus.» Ruben stieg aus, damit Tully rüberrutschen konnte, als dieser den Wagen zur gleichen Zeit auf der dem Verkehr zugewandten Seite verließ. Sie standen sich an der Motorhaube gegenüber. «Warum mußtest du unbedingt auf der Seite aussteigen? Warum bist du nicht rübergerutscht?»

«Was geht dich das an?»

«Du kannst überfahren werden.»

Tully ging um den Wagen herum auf den Gehsteig. «Du hast mich wohl ständig im Auge, was? Nur dann nicht, wenn's ans Zahlen geht.»

«Ich hab die ganzen zwei Jahre keinen Penny an dir verdient. Und du hast reichlich von mir geschnorrt. Ich geb dir diese hundert, weil du hart gekämpft und sie verdient hast. Aber das heißt nicht, daß wir quitt sind.»

«Du glaubst, daß ich für 'nen Hunderter Schläge einstecke?»

«Ich sprech mit Mackin. Vielleicht stellt er dich in zwei Wochen wieder auf.»

«Mit dieser Platzwunde?»

«Bis dahin ist das verheilt.»

«Ist dir klar, warum ich die hab? Das ist die gleiche Stelle, an der sie mich mit dem Rasiermesser aufgeschlitzt haben, weil du zu knickrig warst, mit nach Panama zu kommen und mich zu betreuen.»

«Das ist kein Narbengewebe. Das ist eine frische Wunde.»

«Klar, du würdest kaum was anderes sagen. Zum Teufel, wen kümmert's? Alles, was ich will, ist das Geld für meinen Schweiß und mein Blut.»

«Wie wär's mit was zu essen? Ich lad dich zu 'nem Sandwich ein. Du solltest bei diesem Wind nicht im Freien sein.»

«Ich geh ins Bett.»

«Komm in ein bis zwei Tagen zum Training, okay?»

«Ja, bis dann.»

Tully ging ins Hotel und stieg die Treppe hinauf, betrat jedoch sein Zimmer nicht. Er warf nur seine Tasche hinein und schloß die Tür wieder ab. Wieder unten am Eingang streckte er den Kopf aus der Tür, um sicher zu sein, daß Ruben weggefahren war, dann ging er wieder hinaus auf den Gehsteig.

Im Old Peerless Inn trank er drei Whisky mit je einem Bier dazu, die zweite Runde, weil sich der Barkeeper für die Pflaster über seiner Wunde interessierte und dann sein Gesicht als das auf dem Plakat hinter der Bar erkannte. Die dritte bestellte er, um sich zu revanchieren, und dabei spendierte er den Männern neben sich ebenfalls einen

Drink. Aber dann verlor er das Vergnügen am Ruhm und hatte das Gefühl, zu populär zu sein. Nach ausführlichem Händeschütteln ging er.

Draußen im Nebel, müde und zugleich aufgekratzt vom Alkohol, das Hirn ebenso betäubt wie die Schmerzen, spürte Tully, daß seine Energie zurückkehrte und die Vorahnung drohenden Unheils, mit der er seit Wochen gelebt hatte, verflogen war. Er hatte das Gefühl, ganz zu sein, sich auf sich verlassen zu können, sein Leben lag endlich offen da, und nichts mehr stand zwischen ihm und den unermeßlichen Möglichkeiten, die die Zukunft bot. Er war bereits auf dem Weg hinein in dieses Unbekannte, und das war gut so, denn es war sein eigenes Leben, unbehindert durch andere. Erregt vom Gefühl eines Neubeginns ging er an den dunklen Bars vorbei, deren Türen der Kälte wegen nicht offenstanden. Nur wenige Leute waren unterwegs. Unter den tiefhängenden Lampen der Pokerclubs trennten leere Stühle die Spieler an den grünbespannten Tischen voneinander. Vor dem Liberty Theater blieb er stehen und schaute sich die Fotos einiger Stripperinnen an, die von silbernen, mit staubigem Glimmer bestäubten Pappsternen eingerahmt hinter Glas hingen, und in dem kleinen Fettgewölbe auf dem Bauch eines schlanken, schmollmundigen Mädchens namens Estelle sah er eine genaue Kopie des länglichen Nabels seiner Frau. Er betrachtete ihn eine Zeitlang, bevor er zur Kasse ging.

Ein Film flimmerte ächzend über die Leinwand, als er eintrat; der Erzähler erklärte in einem hochtrabenden, von Naturverehrung triefenden Bariton die Vorteile des Nudismus. Tully ging den dunklen Gang hinunter bis zu einer Reihe nahe der Bühne. Er ließ sich auf den Sitz fallen, lehnte den Kopf an die Rückenlehne und schaute zu, was ein riesiges, verschwommen sichtbares Hinterteil über ihm machte. Der Film war alt, die abgenutzte Kopie voller dunkler Schatten und tanzender Lichtflecke, und die Unerbittlichkeit, mit der alles mit tropischem Blattwerk verdeckt wurde, verdarb Tully vollends den Spaß. Bald fielen ihm von dem monotone Bariton die Augen zu.

«...und Rama schwor, nie mehr in die Welt der Kleider und engen Schuhe zurückzukehren, in diese Welt mit all den Beschränkungen, die ihre Erziehung ihr aufgebürdet hatte. Dies war ihr Reich, hier würde sie leben, wie es einer Frau bestimmt war zu leben, in Sonne und frischer Luft, vom kühlen Wasser des Flusses gestreichelt – und was war das? Da waren Fische für den, der schnell genug war, sie mit bloßen Händen zu fangen!»

Tully setzte sich auf und blickte sich um. In dem kleinen Theater hingen noch andere einsame Männer herum, die sich umschauten, gähnten oder weiterschliefen, als plötzlich die Lichter angingen. Tully wartete in der Schlange vor der Toilette, und als er zu seinem Sitz zurückkam, wurde es im Theater dunkel, und der braune Vorhang ging ruckend auf. Zur lautsprecherverstärkten Musik eines Grammophons kamen sie eine nach der anderen heraus, in Samt, Satin und paillettenbesetztem Netzstoff gekleidet, in bodenlangen Kleidern mit schmutzigen Säumen und langen schwarzen Handschuhen mit aufgeplatzten Nähten. Die nicht mehr jungen Frauen bewegten sich im Twostep über die Bühne, zogen die Handschuhe aus, blieben am vorderen Rand der Bühne stehen, um einen fleckigen Oberschenkel zu entblößen und dem Publikum mit dem Finger zu drohen, weil es hinschaute. Die Handschuhe wurden in die Kulissen geworfen, die Kleider abgestreift, Rüschen stiegen nach oben und fielen zu Boden, wedelten und wackelten. Ausgehakte Büstenhalter wurden an ihrem Platz gehalten, während orangefarbene und platinblonde Köpfe sich in verschämter Verweigerung schüttelten. Von ihrer Hülle befreit, senkten sich die Brüste, blaugeädert weiß, knotig, hängend, die Brustwarzen bedeckt mit paillettenbesetzten Scheiben. Rüschenbesetzte Hüfthalter fielen, Hinterbakken wurden angespannt und sackten, Dreiecke aus Satin wurden vorgereckt und zurückgezogen. Mit sehnigen Waden, mit zellulitischen Schenkeln, mit im Fett der Bäuche versteckten Narben wiegten und wanden sich die Frauen, spielten verlockend mit der Zunge, kauerten sich hin und kamen mit dem Zipfel des Vorhangs zwischen den Beinen wieder hoch. Mit offenem Mund stöckelten sie den Laufsteg entlang, gingen in die Hocke, schüttelten sich, legten sich auf den Boden, stellten die Beine auf, streichelten sich, standen auf, rannten mit verschämten kleinen Schritten voran und schüttelten staubige Pobacken. Estelle erschien als letzte, enthüllte magere Brüste, scharfe Hüftknochen und einen Bauch, der seine Fülle verloren hatte, seit das Foto draußen entstanden war. Nichts daran erinnerte Tully an seine Frau. Er ging mit dem gleichen Gefühl des Unbefriedigtseins, das er jedesmal gehabt hatte, wenn er seit jenen Jahre zurückliegenden Tagen, als er mit Ortega und Chavez das Lokal besucht hatte, hiergewesen war. Damals allerdings waren sie danach aus der Stadt hinausgefahren, entweder in seinem Buick oder in Chavez' Cadillac, und hatten ein Bordell in irgendeinem kleinen abgelegenen Städtchen oder an einer Abzweigung auf der Straße zum Yosemite besucht. Einmal waren sie bis nach Nevada gefahren. Jetzt war Chavez im Gefängnis, und Ortega war heim zu seiner Familie gegangen, nachdem er den Kopf in den Umkleideraum gesteckt und Tully zu seinem Sieg gratuliert hatte.

Er fühlte sich fremd, beunruhigt und meinte, nach dem Sieg über Lucero eine Frau verdient zu haben. Eine lästige, undefinierbare Verwirrung erfüllte ihn, das Gefühl, etwas vergessen zu haben, obwohl es nichts zu erinnern gab. Er ging nicht in Richtung Hotel, sondern dorthin, wo Oma wohnte; er würde es schaffen, an ihre Tür zu klopfen, zu sagen, er sei wegen seiner Kleider gekommen, er würde sie in seinen Koffer packen und Oma dann methodisch ausziehen, sie nehmen, ohne daß sie auch nur im geringsten an seine Einsamkeit herankäme, und dann würde er zu seinem Koffer greifen und für immer gehen.

Ihr Licht war an, ein Streifen zeigte sich unter dem Türspalt. Er klopfte, und selbst als Earl die Tür aufmachte, kam Tully nicht aus der Ruhe. Die dunklen Augen mit den beinahe rauchgrauen, braungefleckten Augäpfeln erkannten ihn und schauten mißtrauisch auf ihn herunter.

«Was willst du?»

Auch das focht Tully nicht an.

«Meine Kleider holen.»

«Ich wohne jetzt hier», sagte Earl, als ob darüber Mißverständnisse bestünden. «Ich zahl die Miete.»

Tully nickte.

«Deine Sachen sind alle im Koffer, kannst sie gleich mitnehmen.» Earl trat zurück, und Tully sah Oma auf dem Bett sitzen. Sie lehnte in einem rosa Kleid, das ihre Schlüsselbeine freiließ, an der oberen Bettumrandung, der Rock lag wie ein Fächer über die grüne Chenilledecke ausgebreitet, sie trug Nylons, ihr einer Fuß war bloß, am anderen hatte sie einen weißen Pumps. Ein brauner Pullover lag über ihren Schultern, und als er hereinkam, zog sie ihn über den Ellbogen zusammen.

«Guter Gott», sagte sie.

Tully, der sich bewußt war, daß Earl ihn beobachtete, versuchte, keinen allzu vertraulichen Ton aufkommen zu lassen. «Wie geht's?»

«O Jesus, Maria und Joseph, schau mal, wer da ist.»

«Dein Koffer steht drüben im Schrank», murmelte Earl. «Ich hab eins von deinen T-Shirts an. Ich zieh's gleich aus.»

«Mach keine Umstände. Ich hab genug.»

«Schau mal an, wer da reingeschneit kommt.»

«Ich hab selbst welche. War heute nur kein frisches mehr da.» Earl knöpfte bereits sein grau-weiß gestreiftes Hemd auf. Er warf es aufs Bett, zog sich das enge, kurze, unter den Achseln gelb verfärbte T-Shirt über den Kopf und entblößte einen dunklen, muskulösen Oberkörper. «Was dir gehört, gehört dir. Oma wollte, daß ich deine Sachen wegwerfe, aber ich finde, ein Mann hat seine Sachen, und die gehören ihm, und wenn er hier auftaucht, kriegt er das zurück, mit was er hier angekommen ist.»

Tully hielt nun das T-Shirt in der Hand, und Earl knöpfte sich auf dem Weg zum Schrank das gestreifte Hemd wieder zu. Er stopfte sich die Enden mit einer Hand in die Hose und brachte Tully seinen Koffer.

«Nimm ihn und schieb ihn dir in den Arsch», sagte Oma.

«Halt jetzt den Mund! Er holt bloß seine Sachen, und dann geht er.»

«Verbiet du mir bloß nicht den Mund, du Penner. Was weißt du denn schon?»

«Kümmer dich nicht um sie. Sie hat getrunken.»

«Schmeiß diesen Scheißkerl raus.»

«Wir waren heut in der Stadt unterwegs.»

«Nimmt einem Mann das Hemd weg. Wenn das nicht das letzte ist. Wenn ihm das nicht ähnlich sieht.»

Earl ging zur Tür. «Sie läßt eben gern Dampf ab. Hör gar nicht hin. Wir kommen aus miteinander. Weißt du, was ich mache, ich beachte sie einfach nicht. Sie säuft, das muß man eben wissen.»

«Ich weiß», sagte Tully. «Und außerdem ißt sie nichts.»

«Liegt alles an ihrem unglücklichen Leben, dem ganzen

Scheiß, aber ich kann da gar nichts machen, also kümmer ich mich nicht drum. Sieht aus, als ob du deinen Kampf gehabt hättest. Und?»

«Ich hab gewonnen.»

«Wirklich? Ich hab dich auf dem Plakat gesehen. Ich schau mir ab und zu ganz gern einen guten Kampf an. Vielleicht geh ich ja mal zu einem von dir. Aber es hat keinen Zweck, daß du hier noch vorbeikommst. Sie will dich nicht sehen. Oma, willst du den Mann noch sehen?»

Oma, der die braunen Locken wirr vom Kopf abstanden und deren gebrochene Nase unter dem Licht von oben glänzte, antwortete mit einem unverständlichen Fluch und schlug mit dem Fuß aus, so daß ihr Schuh wegflog und kurz vor ihnen auf dem Boden landete.

«Da siehst du's. Ich war weg – so ein Typ hat mich angearscht, und das laß ich mir nicht gefallen –, und jetzt bin ich wieder da. Du bist Boxer, du weißt, wovon ich rede. Gibt die richtige und die falsche Art, auf sich aufzupassen.»

«Da hast du recht», pflichtete Tully bei.

«Ich kann bloß eins nicht brauchen, Ärger. Wenn du Ärger kommen siehst, wechsel lieber die Straßenseite. Du hast deine Sachen.»

Tully hob die Hand, in der er noch immer das T-Shirt hielt, in Omas Richtung. Sie sah ihn nicht an. Earl machte die Tür zu.

Zum Teufel mit ihr, dachte Tully, als er die Treppe hinunterstieg. Glaub bloß nicht, daß mir das was ausmacht. Zum Teufel mit dir, du blöde Zicke. Das arme Schwein kann dich haben.

Noch bevor er im Hotel angelangt war, überkam ihn eine entsetzliche Niedergeschlagenheit, eine umwerfende Woge von Verwirrung und Verzweiflung, und er wußte ganz genau, daß er verloren war.

22

Tully war mehrere Tage lang betrunken, bevor er das Hotel wechselte, und das Seltsame an dieser melancholischen Zeit war, daß er nicht an seine Frau dachte. Es war, als sei mit Oma auch die Liebe zu Lynn verlorengegangen. Sie war überwältigt worden durch das übergroße Elend seines jetzigen Lebens. Er sehnte sich nach Oma. Verzweifelt, wie er war, konnte er sich keinen anderen Trost als sie vorstellen. Wenn er sich ins Gedächtnis rief, wie sie ihn zur Weißglut getrieben hatte, verachtete er sich für seine Schwäche; wenn er sie früher so geliebt hätte wie jetzt, hätte er sie ertragen können. Aber seine Liebe kam zu spät. Daß er sie nicht vorher empfunden hatte, stürzte ihn in Verwirrung. Für seine Frau empfand er nichts. Es schien sie nicht einmal mehr zu geben.

Ruben kam am dritten Tag vorbei und traf ihn im Bett an. Draußen war es bereits dunkel. Der Regen, der Tully mit einer Fünftelflasche Whisky und einem Laib Vollkornbrot im Zimmer gehalten hatte, fiel noch immer. Zuerst hatte er auf das Klopfen nicht geantwortet, aber nachdem er sich einen Augenblick lang still verhalten hatte aus Angst, Ruben stünde draußen im Gang, dachte er daran, daß es vielleicht Oma sein könnte. Als es wieder klopfte, rief er: «Wer ist da?» Und er hörte diese gelassene, unvermeidliche Stimme.

«Ruben.»

Es blieb ihm nichts anderes übrig, als die Tür zu öffnen.

Danach schlüpfte er wieder unter die Decke. Ruben knipste das Licht an und stellte sich ans Fußende des Bettes, die Hände um die zerkratzten Metallstangen.

«Billy, mit mir kannst du doch reden. Was ist los? Warum tust du das? Ist das eine Art, mit seinem Körper umzugehen?»

«Weiß ich nicht.»

«Was soll das heißen, weiß ich nicht?»

«Ich hab überhaupt nichts getan.»

«Du ruinierst dich mit dem Zeug.»

«Ich hab nur ein paar Schluck getrunken.»

«Warum warst du gestern nicht beim Training? Täte dir gut, wenn du ein bißchen ins Schwitzen kämst. Laß mich mal dein Auge ansehen.»

«Ich hab mich erkältet und bin im Bett geblieben.»

«Ich war gestern hier, aber du nicht.»

«Da hab ich sicher geschlafen.»

Ruben entfernte jetzt die Pflaster von Tullys Braue. «Ich hab durchs Schlüsselloch geschaut. Du warst nicht da.»

«Dann war ich wohl was essen.»

«Sieht gut aus. Ich glaub, es braucht kein Pflaster mehr. Es heilt immer noch alles gut bei dir. Das wird 'ne schöne feste Narbe. In zwei oder drei Wochen kannst du wieder auftreten. Du hast gewonnen, also, warum trinkst du? Du stinkst, es ist ekelhaft. Du kannst niemand was vormachen. Ich seh doch, was los ist.»

«Du hast keine Ahnung, wie schlecht's mir geht.»

«Schmerzen?»

«Schmerzen, ganz recht.»

«Deine Nieren?»

«Ich hab mein Mädchen verloren.»

«Das ist alles! Wirklich? Was für 'n Mädchen?»

«*Mein Mädchen.* Hat mich wegen eines schwarzen Kerls

sitzen lassen, und ich bin nur rumgesessen und hab nichts dagegen getan, es macht mich ganz krank.»

«Immer noch die gleiche? Du hast sie doch verlassen.»

«Das war nicht meine Idee. Du hast mich dazu gebracht auszuziehen.»

«Ich hab damit gar nichts zu tun. Du wolltest sie verlassen. Deswegen hab ich dir das Zimmer bezahlt. Du willst doch nicht eine solche Schlampe am Hals haben, du bist jung, ein guter Boxer, du hast eine Zukunft vor dir.»

«Ich wollte bloß ein paar Tage allein sein, dann wär ich zu ihr zurückgegangen.»

«Du hast gesagt, du willst zu deiner Frau zurück.»

«Wie kann ich zu meiner Frau zurück? Ich weiß nicht mal, wo sie ist. Ich will's auch gar nicht wissen.»

«Die andere da willst du doch auch nicht. Die kann dir nichts geben. So was kriegst du an jeder Straßenecke.»

«So was? Sag das nicht noch mal, sonst steh ich auf und verpaß dir eine. So was wie die gibt's an keiner Straßenecke. So was gibt's nur einmal.»

«Wenn du aufstehen und mit zum Training kommen würdest, wärst du das schnell los. Wenn du den ganzen Tag im Bett liegst, denkst du natürlich an Weiber.»

«Es macht mich ganz krank. Ich kann schon gar nicht mehr richtig denken. Glaubst du, ich hätte Lust, im Trainingsraum rumzumachen nach so was? Ich hab mich noch nie so mies gefühlt.»

«Du bist besser dran ohne sie. Laß dir das von einem Familienvater gesagt sein. Ich führ ein geregeltes Leben. Ich hab meine Ruhe. Ihr wißt ja gar nicht, was 'ne gute Frau ist, wenn ihr nur rumrennt und in den Bars rumfickt.»

«Es macht mich ganz krank, wie ich diese Sache verpfuscht hab.»

«Komm mit raus und iß was.»

«Ich hab keinen Hunger.»

«Jetzt komm schon.»

Tully schlüpfte tiefer unter die zerwühlten Decken. «Was geht's dich an? Ich sollte sowieso nicht auf dich hören. Du hast mich da reingebracht, und jetzt kümmert's dich einen Scheißdreck.»

«Also, tut mir ja leid, aber das kommt schon wieder in Ordnung.»

«Es kümmert dich einen Scheißdreck, was ich durchmache.»

«Es ist hart, weiß ich. Weißt du was, ich komm morgen wieder vorbei. Ich hol dich ab und nehm dich zum Training mit. Also, bleib sauber. Ich will, daß du beim Training in Form bist.»

«Du hast ja keine Ahnung», murmelte Tully, und als Ruben weiterredete, tat er so, als ob er schliefe.

Am nächsten Tag schlurfte Tully mit seinen Taschen die Treppe hinunter. Er hinterließ keine Nachricht für Ruben und zog ins Owl Hotel. Nachdem er sich eine Weile auf dem durchgelegenen Bett ausgeruht hatte, einen Fuß auf dem Boden, damit das Gefühl, nach hinten zu rutschen, nicht zu stark wurde, ging er auf die Straße hinunter, weil er langsam unbedingt etwas essen mußte, trank im Old Peerless Inn ein Bromo Seltzer und aß dann eine Schweinshaxe. Stunden später kehrte er ins Oxford Hotel zurück und fand heraus, daß sein Schlüssel nicht mehr paßte.

In den Tagen und Nächten, die folgten und an die er sich später nicht mehr im einzelnen erinnerte, sehnte er sich nach Oma und entsetzte sich vor seiner abgrundtiefen Dummheit. Der Gedanke, allein zu sein, ließ ihn schwindeln. Wenn er nach einer Nacht voller Fallträume, Herzrasen und jäher atemloser Blickstarre aufwachte, zitterte er angesichts der Leere des vor ihm liegenden Tages. Ohne Oma fühlte er sich zu nichts imstande. An Training war gar nicht zu denken, nicht nur deshalb, weil er sich zu der Anstrengung zur Zeit nie und nimmer aufraffen konnte, sondern auch, weil die Idee zu kämpfen ihn in all ihrer Widerwärtigkeit aus der Fassung brachte. Er hatte das Gefühl, daß im Lido Gym alle verrückt waren.

Eines Nachts wachte er im Bett sitzend auf und hatte die staubigen Vorhänge über seinem Kopf samt der Schiene heruntergerissen. Im Traum war er einer schönen Frau auf der Suche nach einem ungestörten Ort durch einen Zug gefolgt, bis sie in irgendeinem Abteil verschwand und er durch den Waggon lief und alle Türen öffnete, aber nur einen gesichtslosen Mann traf, auf den er einzuschlagen begann. Der Traum war augenblicklich vergessen, während er unter den Vorhängen in wilder Panik um sich schlug. Als er die Vorhangschiene auf den Boden schleuderte, hörte er eine undeutliche Stimme durch die Wand hindurch fluchen.

Das Aufwachen morgens war wie ein Todeskampf. Erschöpft lag er zwischen den trostlosen Laken, hörte das Husten, Räuspern und Spucken in den anderen Zimmern und brauchte fast eine Stunde, in der er abwechselnd einschlief und wieder aus dem Schlaf hochkam, bevor er sich aufrappelte und über das kalte Linoleum ging, um ins Waschbecken zu pinkeln. Die Reue erdrückte ihn fast. Sein Leben, dachte er, hatte sich gegen ihn gekehrt. Er war überzeugt, daß er jeden einzelnen Tag falsch gelebt hatte. Seine Aufmerksamkeit ließ nach, in seinen Ohren begann es zu klingeln, ein Gefühl von Leere und panischer Angst umgab ihn, er fürchtete, den Verstand zu verlieren. Katastrophen schienen sich knapp außer Hörweite flüsternd anzukündigen.

Nach Einbruch der Dunkelheit ging er vor Omas Hotel auf und ab und stand unter ihrem Fenster, bis ein Streifenwagen langsam an ihm vorbeifuhr. Aber als er am Abend darauf das Harbor Inn betrat und sie mit Earl zusammen sah, war sein erster Gedanke, umzudrehen und wieder zu gehen. Sein Stolz führte ihn an die Bar, wo er mit einstudierter Lässigkeit den schnellen Drink eines vielbeschäftigten Mannes kippte. Er war sich sicher, daß sie ihn gesehen hatten. Jedesmal wenn er zu ihnen hinübersah, schauten sie weg; und er war überrascht, daß er Oma nicht anziehend fand. Er spürte nichts, kein Rachegefühl, keine Vertrautheit, kein Verlangen. Er war nicht einmal interessiert. Voller Erleichterung ging er hinaus und war bereits einen Block weiter, als er sich der Brisanz der Begegnung bewußt wurde und sich seiner Tatenlosigkeit schämte. Später, im Bett, dachte er, die Lippen gegen das Laken gepreßt, einige traurige Augenblicke lang an sie.

Auf seinem Kinn sträubten sich rostbraune Stoppeln. Ein grauer Belag bedeckte seine Zunge wie Schimmel. Er wollte seine Socken waschen und verschob das Füßewaschen. Und alles, was er dachte, lief auf Selbstmitleid hinaus. Manchmal ermutigten ihn Anzeichen von Duldsamkeit, und er spendierte jemandem auf dem Barhocker neben sich etwas zu trinken. Aber solche Kompagnons schienen unweigerlich das Interesse an seinem Unglück zu verlieren, und er hatte das Gefühl, daß man seine Großzügigkeit ausnutzte. Einmal schleuderte er einen Mann in weiten Nadelstreifenhosen und einer Eisenhowerjacke gegen die Musikbox, jagte ihn aus dem Lokal und einen ganzen Block auf der Straße hinauf, folgte ihm dann langsamer bis zum nächsten Block und schrie ihm hinterher, während sich der Mann über die Schulter hinweg nach ihm umsah.

Abwesend saß er in Kinos herum, die von Pferdegetrappel und Gewehrsalven widerhallten. Er zahlte sein Zimmer von Tag zu Tag, dann gar nicht mehr und speiste den vermummten und graugesichtigen lahmen Portier mit herzlichen Versprechungen ab, bis eines Abends ein anderes Vorhängeschloß an seiner Tür hing. Unten stritt er sich, schrie, schlug auf den Tisch und zog ohne seine Taschen ab, da er nicht das Geld hatte, sie auszulösen.

Er ging zum Azores Hotel in der Nähe des Kanals, und ein alter Mann mit Krampfadern keuchte vor ihm die Treppe hinauf und schloß ein kaltes enges Zimmer auf. Auf der gewellten Tapete an der Decke befanden sich große Flecken in der Farbe von Tabaksaft.

Als Tully die trostlose, stinkende Bar unten betrat, beleuchtet von nackten Glühbirnen, die an langen Kabeln über einer Reihe Obdachloser hingen die vor ihren Gläsern zusammengesunken waren, brüllte der Barkeeper gerade eine Frau an. Ihr Hocker stand in einer Pfütze. Ohne sichtbare Taille, mit feistem Nacken, aufgeschwemmtem Gesicht und geschwollenen Knöcheln, die Beine voll blauer Flecken und Schorf, saß sie da, hielt ihr Glas außer Reichweite des Barkeepers im Schoß und verkündete ungehalten, daß sie nicht gehen würde, bevor es leer sei.

Am nächsten Tag aß Tully mittags eine Schüssel Haferflocken mit Zucker. Er trank einen sirupsüßen Kaffee und ging auf ein Glas Wein zum Harbor Inn weiter. Später kaufte er sich eine Fünftelflasche Whisky und machte sich daran, einen warmen Platz zu finden, wo er ihn trinken konnte. Ein kalter Wind fegte Zeitungen durch die Rinnsteine. Dunkle Wolken hingen über den Feldern des Deltas jenseits der Gastanks im Westen, die aus den grünen Brennesseln, dem Fenchel und dem wilden Weizen am Ufer des Mormon Slough emporragten. In den stinkenden Eingängen leerstehender Geschäfte schauten Männer, die auf plattgedrückten Kartons saßen, mit feuchten Augen aus ihren Mänteln hervor. Tully hatte sich in der Herrentoilette der öffentlichen Bücherei mit seiner Flasche eingeschlossen und saß in der gleichen mißmutigen Erstarrung da, die ihn nun schon durch so viele Tage begleitet hatte; er sehnte sich nach Oma, die sich bereits aus seinem Gedächtnis verlor und sich entkörpert und für ewig in ihm selbst festzusetzen begann. Er verließ die Kabine, nachdem jemand anhaltend geklopft und schließlich das Gesicht eines Aufsehers störend unter der Tür hindurchgeschaut hatte.

Wieder auf der Straße unter einem stürmischen Dämmerhimmel, befand er sich in einem Strom von Fußgängern, der aus den schließenden Geschäften hastete. Mitten unter ihnen wedelte ein schreiender philippinischer Wanderprediger unbeachtet mit einer Trompete in der Luft herum. Schmal gebaut, nicht mehr ganz jung und mit wackligen Zähnen im Mund, stand er vor einem Notenständer, auf dem, mit Wäscheklammern befestigt, lose Blätter flatterten. Tully blieb breitbeinig und schwankend an der Ecke stehen, und der kleine Mann lief am Rinnstein auf und ab und hielt ihm eine eifernde Strafpredigt. Da er von dem Redestrom außer ein paar sich wiederholenden Sätzen nichts verstand, dachte Tully, er werde für dumm verkauft.

«Ich scheiß auf dich», sagte er und ging ein paar Schritte weiter bis zum Fußgängerüberweg, wo er vom Rinnstein aus jeden ihm entgegenkommenden Fußgänger mit «Ich scheiß auf dich, ich scheiß auf dich» anredete, bis der Wanderprediger begann, auf seiner Trompete *Tea for Two* zu blasen.

Tully war einen Block weiter und hörte immer noch diese holprigen Töne, als es anfing zu regnen. Sein Haar und die Schultern seiner Jacke waren klatschnaß, bevor er in der nächsten Bar Schutz suchen konnte. Dort blieb er und horchte auf das Regengeprassel, spürte den kalten Wind, wenn die Tür sich öffnete und Männer mit aufgeschlagenen Kragen hereinkamen oder hinausgingen und ihre Füße über das nasse Pflaster stampften. Zu den Gesprächen rechts und links von ihm oder ganz allgemein in den Raum hinein steuerte er ein paar Bemerkungen bei: «Nur weil sie auf dieser kleinen Haarmatratze sitzen, glauben sie, sie hätten das Leben an den Eiern... Ich hab meinem Land gedient... Ihr solltet euch schämen... Wie heißt du? ...Paß bloß auf...» Wellen von Übelkeit erfaßten ihn, er sah und hörte nichts mehr, sein Kopf sank auf den Bartresen, und er driftete in weiten Kreisen davon. Er blieb so sitzen, bis er aufs Klo mußte; dann kippte er langsam samt seinem Hocker um und schlug lautlos und ohne etwas zu merken auf dem Boden auf. Er spürte Hände unter seinen Achseln, als er aufzustehen versuchte.

Aufrecht, von hinten um die Brust gepackt, wurde er zur Tür hinausbefördert, und seine Proteste klangen wie von weit her, als ob sie aus einem anderen Zimmer kämen: «Laßt mich in Ruhe. Ich bin in Ordnung.»

Er kam zu sich, als er auf dem Gehsteig stand und sich an einem Fenstersims festhielt. Er versuchte, sich das Hemd in die Hose zu stopfen, vergaß es, machte einen entschlossenen Schritt und bemühte sich halb rennend, halb stürzend, auf den Beinen zu bleiben, hatte Angst davor zu fallen und sich zu verletzen, dann war es ihm egal. Er schlug mit dem Gesicht auf dem Pflaster auf, lag einen Moment lang so da und empfand einen seltsamen Stolz darüber, daß es nicht weh getan hatte. Als er aufstand, merkte er, daß er aus der Nase blutete. Er setzte sich in einen zugigen Eingang und brachte den Blutfluß mit seinem Taschentuch zum Stillstand. Autos spritzten ihn im Vorbeifahren an,

Gestalten hasteten an ihm vorbei, Neonlichter flackerten im Regen. Tully stand auf, hielt sich mit einer Hand an Wänden und Fenstern fest und machte sich auf den Weg den Gehsteig entlang bis zur nächsten Ecke, wo er eine Weile stehenblieb, bevor er es wagte, unter dem Hupen der Autos quer über die Straße zum Azores Hotel hinüberzugehen. Vor dem Büro am Ende der Treppe hielt ihn der rotgesichtige Portier auf.

«Willst du was?»

«Ich geh bloß in mein Zimmer.»

«Du hast kein Zimmer hier.»

«Ich war vergangene Nacht hier.»

«Und wo ist die Miete für heute nacht?»

«Ich zahl morgen früh.»

Der Portier wies in Richtung Treppe.

«Ich will bloß in mein Zimmer.»

«Hau ab.»

«Sag *du* mir bloß nicht, daß ich abhauen soll, du Pinscher. So redest du nicht mit mir!»

«Los, beweg dich.»

«Du sagst mir *nicht*, daß ich hier abhauen soll. Du hast mir gar nichts zu sagen.»

Tully stieg die Stufen wieder hinunter und ging in den Regen hinaus. Auf halber Höhe des nächsten Blocks stolperte er im dunklen Winkel eines Geschäftseingangs über etwas und erhielt einen Fußtritt. Fluchend wich er zurück und setzte sich auf den Betonboden.

«Ich schneid dir die Kehle durch», sagte der Mann weiter hinten im Eingang. «Ich kenn dich. Ich durchschau dich. Laß die Finger von mir. Wenn du hier reinkommst, stech ich dich ab.»

«Ich komm und prügel dir die Scheiße aus dem Leib, wenn du nicht dein Maul hältst.»

«Komm nur.»

Eine Regenbö wehte über Tully hinweg, und da er annahm, er sei lang genug geblieben und habe dem anderen gezeigt, daß er keine Angst vor ihm habe, stand er auf und versuchte, die Türen verschiedener geparkter Wagen zu öffnen.

In einer dunklen stillen Straße, auf einem asphaltierten, mit Unrat übersäten Ladeplatz stieß Tully auf einen großen stählernen Müllverbrennungsofen. Die zylindrische Verbrennungskammer war größer als er und endete oben in einem Rauchabzug. Er hatte die kompakten Umrisse der Anlage vor der Wand des Supermarktes bemerkt, und jetzt tastete er in strömendem Regen über ihre rostige Außenfläche und fand die Tür. Er schwang sie auf, lehnte sich nach vorn, und seine Hand berührte Pappkartons.

«Ist wer da drin?» Er kletterte hinein. Unter leisem Klopfen tastete er seine Umgebung ab, machte sich Platz zwischen Kisten und Schachteln und fand einen Haufen Papierschnipsel. Die warf er in die Mitte, wo der Durchmesser der Verbrennungskammer groß genug war, daß er ausgestreckt liegen konnte, und mit einem Seufzer der Erleichterung legte er sich hin. Aber es zog. Er kroch zu dem schwach erleuchteten Viereck, streckte den Arm in den Regen hinaus und schloß die Tür bis auf einen Spalt. In der Verbrennungskammer war es jetzt stockdunkel. Er legte sich hin und vergrub sich in dem Papier. Einmal dachte er, einen Laster vorbeifahren zu hören, aber dann war er selbst es, der ihn fuhr, irgendwohin, eine lange gerade Straße hinunter.

Er war krank, überwältigt von Widerwillen und Verzweiflung. Als er merkte, daß etwas gegen seinen Fuß stieß, schlug er die Augen auf, erblickte gedämpftes Tageslicht und hatte keine Ahnung, wo er sich befand. Vor sich in einem hellen Viereck sah er die obere Hälfte eines jungen Chinesen, die in einem grünen Kittel steckte.

«Los. Raus mit dir. Ich muß hier Abfall verbrennen.»

«Wer zum Teufel bist du?»

«Los. Das ist doch schließlich kein Motel oder so. Raus mit dir.»

«Gib hier bloß keine Befehle.»

«Los, los. Hast du sie eigentlich nicht alle? Du wirst eines Tages umkommen, wenn du nicht aufpaßt. Komm raus. Was ist los mit dir? Bewegst du nicht mal deinen Arsch, wenn jemand unter dir Feuer macht? Willst du da liegenbleiben und mit mir streiten?»

Tully stand auf, unsicher auf den Beinen, und kletterte durch die Tür ins Freie. Er blinzelte irritiert, räusperte sich, spuckte aus, beugte sich vor und schneuzte sich mit Hilfe eines Fingers. Zerknitterte Papierstreifen hingen an seinen Kleidern. Der Regen hatte aufgehört. Es war früh am Morgen, kalt und bewölkt. Der junge Mann in dem Kittel fing an, Kartons in den Verbrennungsofen zu werfen.

An diesem Nachmittag traf Tully im Trainingsraum ein. Auf seiner Jacke waren Blutflecken, er war schmutzig und unrasiert, und schuld daran, so sagte er, sei einzig und allein ein beschissener Hotelangestellter, eine Erklärung, die die Wut in Rubens Augen nicht besänftigte.

«Wo zum Teufel hast du gesteckt?»

«Ich bin aus meinem Zimmer ausgesperrt worden.»

«Warum warst du nicht hier?»

«Ich wollte ja. Ich will wieder mit dem Training anfangen, aber ich hab meine Sachen nicht. Ich hab kein Geld, um meine Taschen auszulösen. Was soll ich tun?»

Ruben gab ihm einen Dollar und befahl ihm zu warten, und nachdem Tully im Trainingsraum Hamburger gegessen, einen Milchshake getrunken und dann geduscht hatte, und als der letzte Boxer im Umkleideraum verschwunden war, fuhr Ruben ihn ins Owl Hotel und löste seine Taschen aus.

«Ich bin morgen zum Training da», versprach Tully auf dem Gehsteig, und Ruben gab ihm fünfzehn Dollar.

An diesem Abend ging Tully früh zu Bett, den Bauch voll gegrilltem Steak und Kartoffelbrei, und während er die Geräusche von der Straße hörte, versank er mit allem, was er verloren hatte, in der Dunkelheit.

23

Es hörte auf zu regnen; frische grüne Blätter hüllten die Ulmen und Platanen entlang der Straßen in den Wohngebieten ein. Als der Dunst von Torfstaub wieder über der Stadt hing, erzählte Luis Ortega Ruben, er habe mit Tully gesprochen. Ruben hatte Tully nicht mehr gesehen, seit er ihm diese fünfzehn Dollar gegeben hatte, ein Fehler, den er noch immer bereute. Tully habe gesagt, er arbeite als Koch, berichtete Ortega, aber sein Gesicht sei schmutzig gewesen, und ein Strohhut habe auf der Theke gelegen. Er habe davon gesprochen, sich wieder in Form zu bringen.

Als es Sommer wurde, trieben sich wieder Hunderte von Männern auf der El Dorado Street herum, lehnten an Schaufenstern, Autos und Parkuhren; und wenn Ruben auf dem Weg zum Hafen und vom Hafen in den Trainingsraum dort vorbeikam, hielt er Ausschau nach Billy Tully. Nicht daß er damit rechnete, ihn zu sehen. Wenn Tully wieder kämpfen wollte, würde er in den Trainingsraum zurückkommen, davon war Ruben überzeugt. Solange er das nicht tat, konnte er nur warten. Aber er machte sich keine Hoffnungen. Er hatte ihn schon einmal aufgegeben, und zu viele andere hatten ihn enttäuscht. Als ob sie sich gegen seinen Einfluß wehren würden, hatten sie dem nachgegeben, was immer in ihnen am schwächsten war, und oft war es etwas, was er nicht einmal hätte benennen können. Sie verloren, wenn sie hätten gewinnen sollen, und dann verschwanden sie irgendwie. Irgendwann im Lauf der Jahre traf er den einen oder anderen in der Stadt. Manchmal stand etwas in den Zeitungen – einige kämpften in anderen Städten, hatten andere Manager, einer starb bei einem Motorradunfall, einer wurde in New Orleans ermordet. Sie waren alle so verletzlich, hielten nur so verzweifelt kurze Zeit durch, daß ihm nichts anderes übrigblieb, als von einem zum anderen zu gehen und den Jungen zu suchen, der all das hatte, was den anderen fehlte. Es gab immer einen, der kämpfen wollte. Er hatte Ernie Munger, Buford Wills und Wes Haynes; Luis Ortega hatte wieder angefangen zu trainieren, und so machte Ruben weiter.

Ortega war einmal ein Mittelgewicht gewesen. Die Schultern bis zu den Ohren hochgezogen, das Kinn auf der Brust, hatte er sich, plattfüßig und unbeirrt, Runde über Runde verdreschen lassen und eine Reihe wichtiger Kämpfe durch K.o. gewonnen. Zwischen den Kämpfen hatte er Fett angesetzt. Schließlich war er weder den Anforderungen noch den Entsagungen des Trainings mehr gewachsen gewesen und hatte sich zurückgezogen. Als er wieder im Trainingsraum auftauchte, ermutigt – wie Ruben wußte – durch Tullys Sieg über Lucero, hatte Ortega fünfzig Pfund Übergewicht.

Ortegas Gesicht war aufgedunsen. Seine Nase stach scharf und schief daraus hervor, seine wulstigen Augenbrauen waren von Narben zerschnitten, und er trug einen untadelig getrimmten Schnurrbart. Auf seinem Handrükken befanden sich alte selbstgemachte Tätowierungen, verblaßte Pachuco-Kreuze. Bauch und Hintern in Plastikfolie gewickelt, darüber einen von Bleichmitteln verfärbten Trainingsanzug, dann enge Shorts und über allem einen Frotteemantel, stöhnte er mit schwabbelndem Kinn unaufhörlich vor sich hin und vergoß Ströme von Schweiß, aber es war Ruben klar, daß Ortega nie mehr ein Mittelgewicht sein würde. Schließlich stellte er ihn in Salt Lake City gegen einen jungen Schwergewichtler auf und sicherte Ernie Munger, der nach einigen Monaten Abwesenheit wieder zum Training aufgetaucht war, einen Vorkampf. Fünf Tage vor dem Kampf legte sich Ortega, geschwächt durch Dampfbäder, mit einer Grippe ins Bett. Ruben versuchte telefonisch eine Verschiebung des Kampfes zu erreichen, aber Ortega wurde durch einen anderen ersetzt. Nun gab es keine Reisekosten mehr für drei Leute, nur noch die Ausgaben für Ernies Busticket.

«Ich muß dich allein dort raufschicken», sagte Ruben. «Den Burschen schaffst du mit links. Ist doch 'ne nette Reise, du schlägst ihn k. o. und kommst mit ein paar Dollar für Frau und Kind zurück.»

«Allein?» fragte Ernie.

«Die Kosten sind zu hoch. Wie soll ich das machen? Reisekosten für mich sind nicht mehr drin. Du willst doch einen Kampf, oder?»

«Ich will einen Kampf.»

«Unter uns, ich mach mir Sorgen um ein paar von den Burschen hier. Auf wen kann man denn noch zählen? Wenn ihr Jungs nicht wärt, würd ich, glaub ich, aufhören.»

24

Ernie kam am Morgen des Kampfes in Salt Lake City an und schlenderte gähnend mal im Sonnenschein, mal im Schatten, durch breite, baumbestandene Straßen, in deren Rinnsteinen Wasser floß. Er starrte zu den granitenen Turmspitzen des Mormonentempels hinauf, aß Eier und Schinken und las dabei den Sportteil. Damit die Fans wußten, daß er ein Weißer war, hatte Ruben ihn als Iren ankündigen lassen, ungeachtet Ernies Protest, es gebe nicht einen Tropfen irischen Bluts in seiner Familie. Lustlos und durchgerüttelt von einer Nacht, die er mit offenem Mund schlafend im Greyhound verbracht hatte, kaufte sich Ernie eine Illustrierte, mietete sich in einem Hotel ein, das nicht einmal eine Lobby hatte, und ruhte sich den größten Teil des Tages aus. Er war im Vorkampf aufgestellt, und im nachhinein war er überzeugt, daß ihn nicht der allererste Treffer flachgelegt hätte, wenn er sich nicht so kaputt gefühlt und sich richtig aufgewärmt hätte. Der Treffer erwischte ihn unvorbereitet – es war eine Rechte ans Kinn –, geschlagen von einem Gegner, der ein gesundes Bauerngesicht und einen genauso lang aufgeschossenen Körper hatte wie er. Ernie fiel auf Hände und Knie, kam hoch, bevor überhaupt gezählt werden konnte, und schlug zurück, ohne richtig zu merken, was passiert war, bis der Ringrichter dazwischenging und ihm das Kolophonium von den Boxhandschuhen wischte. Von da an spürte er – benommen durch Schläge, die mit gleicher Kraft kamen wie der erste – gar nichts mehr, seine Knie gaben nach, aber er blieb stehen, alles, was ihm geschah, lag bereits hinter ihm, war überstanden; und er wußte, er würde nicht mehr zu Boden gehen, und dieses angespannte Gesicht, das er da zusammenschlug, hatte nicht die Kraft, ihn zu besiegen. Mit tödlicher Erregung schlug er zu und spürte, daß er gewinnen würde, sah es in der veränderten Haltung seines Gegners und in seinen Augen, und er stürmte vor und bearbeitete das plötzlich blutüberströmte Gesicht, bis sein Gegner außer Reichweite am Boden lag.

Im Umkleideraum war er euphorisch und wollte nach Hause zu Faye und seinem kleinen Sohn, für den er bis zu diesem Augenblick noch keine Liebe hatte empfinden können. Jetzt glaubte er, für die beiden den ganzen Weg zurückgelegt und gekämpft zu haben. Auf der Herfahrt hatte er beschlossen, per Anhalter nach Hause zu fahren, damit er das Geld für die Rückfahrt einstecken konnte, und jetzt wollte er los. Die Dusche, das Gefühl des Handtuchs auf seinem Körper, die einfache Tatsache, daß er selbst es war, der sich jetzt die Kleider anzog und das gedämpfte Geschrei der Menge hörte, versetzte ihn in Hochstimmung.

Er ging in die Arena zurück und spürte Blicke auf sich, die ihn wiedererkannten. Der Hauptkampf endete damit, daß der Ersatzmann für Luis Ortega auf dem Boden saß. Die Zuschauer drängten sich auf den Gängen. Ernie, abgefüllt mit Hot dogs, bekam seine fünfzig Dollar, von denen er zehn den beiden nervösen Männern gab, die ihm sekundiert hatten. Eine halbe Stunde später stand er auf dem Highway in der Nähe einer geschlossenen Tankstelle am Stadtrand und streckte den Daumen in Richtung Westen aus.

Ein schweigsamer Mann nahm ihn bis an die Abfahrt zum Flughafen mit. Dort wartete Ernie auf dem Schotterbankett, die Segeltuchtasche zu seinen Füßen, die entfernten Lichter des Flughafens im Rücken, geblendet von den Scheinwerfern, die auf ihn zuschossen und ihn mit flatternden Hosenaufschlägen hinter sich zurückließen. Aus einem der Autos flog etwas unter spöttischem, vielstimmigem Gejohle und prallte vor seinen Füßen auf. Im Scheinwerferlicht des nächsten Wagens machte er einen Pappbecher aus, der auf dem Bankett entlangrollte, und Flecken auf seiner Hose von den Resten eines Milchshakes. Ein Flugzeug startete über der Wüste, seine Lichter blinkten grün und rot unter dem schwarzen Himmel.

Nach einiger Zeit bog ein Wagen schleudernd hinter ihm auf den Seitenstreifen. Staub wirbelte an den aufleuchtenden Rücklichtern empor. Ernie rannte hinterher, rannte und rannte, der Wagen bremste und rollte wieder an, als ob der Fahrer es sich anders überlegt hätte und weiterfahren wollte. Aber dann leuchteten die Bremslichter noch einmal auf, und der Wagen hielt. Als Ernie angerannt kam, schwang die Tür auf, und er sah zwei junge Frauen, die ihn aus dem Wageninneren heraus anschauten.

«Hi. Setz dich neben mich», sagte die eine, die neben der Tür saß. «Hinten liegt alles voller Gerümpel.»

Verwirrt duckte er sich hinein, warf seine Tasche nach hinten und schlug die Tür zu. Die Innenbeleuchtung ging aus, der Wagen ruckte an, die Reifen knirschten über den Schotter, und Ernie, der vor seiner Heirat so viele Nächte vergeblich damit verbracht hatte, ein Mädchen zu sich ins Auto zu kriegen, saß verwundert neben diesen beiden Frauen.

«Wo willst du hin?» fragte die neben ihm.

«Kalifornien.»

«Ach? Wir auch», sagte sie, und er dachte an die Möglichkeit, in einem Motel zu übernachten, als die Frau am Steuer fragte: «Welche Stadt?»

«Stockton.»

«Was willst du denn um Gottes willen in Stockton?»

«Ich wohn da.»

«Komische Typen gibt's auf der Welt», sagte die Frau am Steuer.

«Und ihr?»

«Wohin wir wollen, ist noch nicht raus, aber wir nehmen dich schon ein Stück weit mit.» Die Fahrerin war groß, das sah Ernie im Licht der entgegenkommenden Scheinwerfer, und massiv gebaut. Ihr dunkles, an den Seiten nach hinten gekämmtes Haar hatte einen Männerschnitt. Ihr Kinn war schwer; sie trug eine Brille, Jeans und füllte ein kariertes Hemd mit großen Brüsten. Ihre Begleiterin war kleiner, ihr blondes Haar war im gleichen Stil geschnitten, ihr Gesicht war rundlich und wirkte etwas abgespannt, und ihre breiten Hüften, die in Jeans steckten, nahmen auf dem Sitz reichlich Platz ein.

Der Wagen schnurrte auf der Straße dahin, die jetzt am Ufer des Großen Salzsees entlangführte; seine Wasser dehnten sich endlos, spiegelglatt und schwarz, nur ein glänzender Streifen Mondlicht erstreckte sich bis zum Wagen. Badehütten, Stege, ein dunkler Pavillon tauchten am Ufer auf, zogen vorbei und blieben zurück. Rechts und links der Straße leuchtete weiß der Sand im Licht der Scheinwerfer. Zu ihrer Linken zeichnete sich eine Bergkette dunkel gegen den Himmel ab.

«Wie lange hast du da gestanden?» fragte die Frau neben ihm nach einem ausgedehnten Schweigen.

«'ne ganze Weile.»

«Hier oben nimmt dich keiner mit. Das sind alles Mormonen. Ich hab gesehen, daß du noch ein Kind bist, deshalb haben wir gehalten. Wir haben schon andere an der Straße stehen sehen, aber keinen mitgenommen.»

«Zu gefährlich», warf die Fahrerin ein.

«Die werden alle noch dastehen. Ich weiß nicht, was am Ende mit ihnen geschieht.»

«Irgend jemand läßt sie einsteigen und wird ausgeraubt», sagte die Frau am Steuer. «Harte Burschen. Du kannst sie haben.»

«Ich? Ich nicht.»

«Du kannst sie haben, Baby.»

«Ich will sie nicht.»

«Wenn du die Barmherzige spielen willst, gehören sie alle dir.»

Ernie hörte diesem Wortwechsel mit einem unguten Gefühl zu und beschloß, seinen Kampf nicht zu erwähnen. Als er gefragt wurde, was ihn nach Utah geführt habe, sagte er: «Geschäfte.»

«Geschäfte?» fragte die Frau, deren Hüfte ab und zu die seine streifte. «In deinem Alter?»

«Ich bin nicht mehr so jung. Ich hab Frau und Kind.»

«Du hast keins von beiden.»

«Hab ich wohl.»

«Wirklich? Du siehst so jung aus.»

«Du mußt nicht alt sein, um Kinder in die Welt zu setzen», sagte die Frau am Steuer.

«Also, ich find Kinder gut», sagte die andere herausfordernd. «Was ist falsch daran, Kinder zu haben?»

«Ich hab nicht gesagt, daß irgendwas daran falsch ist.»

«Das hast du aber gemeint.»

«Hab ich nicht. Wenn er Kinder will, hab ich nichts dagegen. Geht mich das vielleicht was an?»

«Na, das hat sich aber anders angehört.»

«Dafür kann ich doch nichts.»

«Vergiß es.»

Sie fuhren durch eine Ansiedlung, und Ernie studierte

das Profil neben sich, glaubte, sie habe sich für ihn entschieden, hatte aber keine Ahnung, was jetzt von ihm erwartet wurde. Dann war rechts und links wieder Wüste, und sie rasten weiter. Weit vorne tauchten Lichter auf, kamen näher, blendeten ab oder blieben aufgeblendet, und ihr grelles Licht tat in den Augen weh und zwang sie, durch die Windschutzscheibe zu blinzeln. Der Abblendschalter klickte auf dem Boden, und die Frau hinter dem Steuer sagte: «Arschloch.» Nach geraumer Zeit abwechselnden Schweigens und vager Gespräche ließ Ernie sein Bein gegen das fülligere neben ihm fallen. Die Frau bewegte sich nicht. Die beiden Schenkel berührten sich vibrierend, während der Wagen Meile für Meile durch die Dunkelheit dröhnte.

«Kannst du nachher fahren, Noreen?»

«Ich kann fahren.»

«Wenn ich nämlich müde werde, wird das ganz fix gehen.»

«Möchtest du, daß ich gleich fahre?»

«Nein, es geht noch, mach dir keine Sorgen.»

«Wenn du willst, daß ich fahre, sag's einfach», murmelte Noreen mit geschlossenen Augen.

«Bleib halt wach, das ist alles.»

«Wenn wir müde werden, können wir auch eine Weile rasten», sagte Noreen.

Ernie schob seinen Kopf näher an sie heran. Ein paar duftende Haare kitzelten ihn im Gesicht, und er fragte, fast im Flüsterton: «Campiert ihr neben der Straße?»

«Wir haben zwei Wochen in Yellowstone campiert.»

«Habt ihr keine Angst vor Bären?»

«Es sind nicht die Bären, vor denen man Angst haben muß.»

Ernie überlegte, ob alles bereits irgendwie entschieden

sei, wandte ihr sein Gesicht zu und wartete. Sie gab ihm kein Zeichen. Schließlich fielen ihm die Augen zu, und er spürte, wie seine Wange über den Plastikbezug des Sitzes hinunterglitt, bis seine Nase einen weichen Hals berührte, der schwach nach ungewaschener Haut, sauberer gestärkter Wäsche und Tabak roch. Er schmiegte sich wie selbstverständlich an, und es erfolgte keine Reaktion, nicht die geringste Bewegung oder Muskelanspannung. Sie schien zu schlafen, aber dann fing sie neben seinem Ohr an zu sprechen.

«Gail?»

«Hm?»

«Alles in Ordnung?»

«Ja.»

«Schlaf nicht ein.»

«Nein.»

«Meinst du, du könntest einschlafen? Willst du, daß ich mich mit dir unterhalte, damit du wach bleibst? Ich will nicht, daß du einen Unfall baust. Das fehlt uns gerade noch. Also, was denkst du?»

«Nichts.»

«Reden wir über irgendwas.»

«Über was sollen wir denn reden?»

«Du willst uns doch nicht gegen einen Baum fahren, oder?»

«Hier gibt's keine Bäume.»

«Nein? Ah ja. Wann gibt's wieder Bäume?»

«Noch lange nicht.»

«Sind wir immer noch in der Wüste?»

«Was denkst du denn?»

«Ich weiß nicht. Woher soll ich das wissen? Ich krieg die Augen nicht auf.» Sie sprach in Richtung Wagendecke, mit Ernies Lippen noch immer auf ihrem Hals.

«Da haben wir uns ja was Schönes aufgeladen», sagte die Frau am Steuer.

«Was meinst du?»

«Nichts. Ich rede bloß, um wach zu bleiben. Das wolltest du doch, oder?»

«Aber was willst du damit andeuten?»

«Gar nichts. Ich finde nur, daß es überall diese Stenze gibt, da brauchst du gar nicht lange suchen. Wie kommen die eigentlich durch? Mein kleiner Bruder fährt Wäsche aus. Glaubst du, daß ihm das Spaß macht? Aber er arbeitet, den ganzen Tag lang arbeitet er ehrlich und läßt sich nichts schenken. Niemand kümmert sich um ihn. Und du kannst Gift drauf nehmen, um mich hat sich auch nie jemand gekümmert.»

«Um mich auch nicht», murmelte Noreen.

«Ach, komm. Dir ist doch dein Lebtag alles hinten reingeschoben worden.»

«Wann bin ich je verwöhnt worden?»

«Mach mich nicht krank. Das hier war nicht meine Idee. *Du* wolltest ihn mitnehmen. Und das ist genau das, was ich an dir nicht mag, diese Einstellung. Mein Bruder arbeitet, das ist alles, was ich sagen will.»

Ernie spürte, daß irgend etwas falsch lief.

«Jetzt sei nicht sauer auf mich», sagte Noreen.

«O nein, aber warum eigentlich nicht.»

«Ich hab doch nichts getan.»

«Das ist es ja. Genau das, diese Manipulationen.»

«Diese was?»

«Leute wie ihr setzen sich immer durch. Ich meine, wir sind ja nicht knauserig. Wir haben Platz im Wagen – gut. Aber sich dann zurückzulehnen und all diesen Scheiß zu verzapfen, während mein Bruder Wäsche ausfahren muß, also, da frag ich mich schon. Wenn wer irgendwohin muß, nimmt er den Bus. Er verläßt sich nicht drauf, daß ihm jemand hilft.»

«Ich hab doch nicht verlangt, daß ihr anhaltet», sagte Ernie und rückte von Noreen weg. «Ihr hättet genausogut weiterfahren können.»

«Mir gefällt das einfach nicht. Mein Bruder fährt Wäsche aus, aber er bezahlt für das, was er will.»

«Na und?»

«Was na und? Glaubst du, das ist ein toller Job? Glaubst du, er macht das gern? Du kannst mir glauben, das ist nicht die Art Arbeit, die er sich vorgestellt hat.»

Sie hatte sich vorgebeugt und war laut geworden, und Noreen, die Augen noch immer geschlossen, schrie in Richtung Decke: «Hör auf damit!»

«Jetzt reicht's! Jetzt ist Schluß», sagte die Frau am Steuer und trat auf die Bremse, der Wagen geriet ins Schleudern, scherte aus und holperte dann auf den Seitenstreifen. «Jetzt hast du's fertiggebracht, daß sie sich aufregt. Wir trennen uns hier, Freundchen. Sieh zu, wie du allein weiterkommst. Das hat hier keinen Sinn mehr.»

Ernie sagte einen Moment lang vor lauter Verblüffung und Scham gar nichts; er hatte erst das Gefühl, etwas schrecklich falsch gemacht zu haben, dann das, grundlos angegriffen zu werden, und schließlich überlegte er, ob die Frau am Steuer vielleicht Witze machte. «Willst du mich auf den Arm nehmen? Du spinnst, wenn du denkst, daß ich hier mitten in der Wüste aussteige. Hier nimmt mich doch kein Mensch mit.»

«Du kommst schon zurecht. Um dich mach ich mir keine Sorgen.»

«Aber was ist los? Bin ich nicht dein Typ oder was?»

«Großer Gott, bist du witzig. Wirklich. Ich krieg mich nicht mehr ein. Auf was wartest du?»

«Ich steig nicht aus.»

Er sah zu Noreen hinüber, aber ihre Augen waren geschlossen, und ihr Gesicht verriet nichts.

«Also mach und werd nicht komisch», sagte die Frau am Steuer.

«Ich rühr mich hier nicht weg.»

«Ich sagte, daß ich dich hier raushaben will.»

«Mir doch egal. Ich steh dann hier die ganze Nacht. Warum habt ihr mich überhaupt mitgenommen? Nur um mich wieder rauszuschmeißen?»

«Raus!» schrie Noreen, die Augen noch immer geschlossen.

Unter dem Schock dieses Verrats stieß Ernie die Wagentür auf. Draußen in der kühlen Luft öffnete er mühsam die hintere Tür und holte seine Tasche.

«Nur nichts nachtragen», sagte die Frau am Steuer, und ihr Gesicht sah teigig aus in der schwachen Beleuchtung. «Wir helfen gern so jungen Männern, aber das hier ist einfach zu eng geworden.»

Noreen hatte sich nicht bewegt. Ernie fluchte und knallte die Tür zu, und die Frauen saßen wieder im Dunkeln. Die Hinterräder drehten auf dem Schotter durch, er trat gegen den Kotflügel, rannte hinterher und trat nochmals zu und blieb zurück. Die Rücklichter wurden kleiner, bis schließlich weit und breit kein Licht mehr zu sehen war, mit Ausnahme der Sterne, und die waren zahllos und unsagbar weit weg. Ein unangenehmes Einsamkeitsgefühl beschlich Ernie. Rings um ihn war nicht ein Laut zu hören; mehrmals blickte er sich um, um die abgrundtiefe Schwärze hinter sich zu verscheuchen. Endlich tauchten Scheinwerfer auf. Als sie näher kamen, schwand das Gefühl der Isolation, und er sah sich schon weiterfahren. Er trat weiter auf die Fahrbahn hinaus und streckte den Arm aus. Der Wagen kam mit aufgeblendeten Scheinwerfern heran, wich aus und raste weiter. Ernie ging kurze Strecken und blieb dann stehen, das Gewicht mal auf dem einen Bein, mal auf dem anderen. Ab und zu raste ein Wagen an ihm vorbei.

Es war hoffnungslos, und so überquerte er den Highway und erklomm die Böschung. Eine geraume Strecke lief er durch spärliches Strauchwerk, bis er das Gefühl hatte, daß er von vorbeifahrenden Wagen aus nicht mehr gesehen werden konnte. In dieser gewaltigen Stille fühlte er sich unsicher. Das einzige Geräusch war eine Brise, die ab und zu über dem Erdboden raschelte. Er streckte sich aus, legte den Kopf auf seine Tasche, und während er in die unendliche Weite der Sterne hinaufblickte und die Erde sich unter ihm drehte, wartete er auf die Morgendämmerung.

Er wurde von einem entsetzlichen Getöse geweckt, von dem er sofort wußte, daß es ein Zug war, und er sprang entsetzt auf, in der sicheren Annahme, er sei auf den Bahngleisen eingeschlafen. Die Lok fuhr kaum zehn Meter von ihm zischend und polternd vorbei, ihr großer Frontscheinwerfer rollte wie ein Auge, und die ersten Waggons hatten ihn bereits passiert, bevor er merkte, daß er gar nicht auf den Gleisen gelegen hatte. Mit klopfendem Herzen sah er die Pullmans mit den zugezogenen Gardinen an sich vorbeibrausen. Der Speisewagen kam; Schwarze in weißen Kitteln arbeiteten in der erleuchteten Küche. Niemand schien ihn zu bemerken. Dann war der Zug vorbei, ein rollendes Geräusch und ein einzelnes rotes Licht verloren sich schnell in der diesigen Ferne. Der Himmel war schieferfarben. Weit entfernt zitterte der Scheinwerferstrahl eines Wagens in der heller werdenden Luft.

Ernie ging durch die Sträucher zurück zur Straße; er wollte heim zu Faye und spürte wieder die Wut in sich aufsteigen, daß man ihn hier zurückgelassen hatte. In dem zunehmenden Licht wurde die Tatsache, daß er hier ausgesetzt worden war, zu etwas Irrealem, Fernliegendem, Unerklärlichem, obwohl es nicht mehr als zwei oder drei Stunden her sein konnte. Vielleicht war ja die Frau am Steuer auf ihn scharf gewesen. Aber er verachtete sie noch immer, und er dachte mit nagender Enttäuschung an Noreen. Sicher war er sich nur darüber, daß er unglaublich beleidigt worden war. Allein am Straßenrand, ließ er seinen Kampf noch einmal Revue passieren, und auch der begann schon zu verblassen, obwohl er noch genau so wichtig schien wie zuvor: Er war auf dem richtigen Weg.

Bei Sonnenaufgang wurde Ernie von einem Soldaten in Zivil aufgelesen, dessen Rücksitz in ganzer Breite mit Sporthemden vollhing, die in allen Farben von einer Metallstange baumelten. Er besaß zwei Wagen, hatte mit unzähligen Frauen geschlafen, fuhr sehr schnell und redete pausenlos, während sie durch ganz Nevada und weiter bis Sacramento fuhren. Dort trennten sie sich. Für die letzten 45 Meilen nahm Ernie den Greyhound, fuhr durch die abendliche Kühle der tiefliegenden Deltafelder, vorbei an Weinstöcken, Obstgärten und Walnußplantagen, an vereinzelten Lichtern von Farmhäusern, an Bewässerungsgräben, in denen sich das Mondlicht spiegelte, später dann in den Vororten an einem gigantischen Technicolor-Gesicht, das tonlos von der Leinwand eines Autokinos heruntersprach. Benommen vor Erschöpfung, aber wach gehalten von seinem Bedürfnis, nach Hause zu kommen, fuhr er in der Stadt ein. Der Bus passierte einen um den anderen Block dunkler, schwach beleuchteter Häuser. Er hielt, die Tür öffnete sich und schloß sich wieder, dann holperte er über Schienen hinweg und bog in das Geschäftsviertel der Innenstadt ein, wo die Läden dunkel, die Kartenverkaufsstellen an den Kinos geschlossen, die Eingangslichter abgeschaltet waren, Wagen die Main Street hinunterfuhren und die leeren Gehsteige hell erleuchtet waren. Ernie erhob sich, und als der Bus dröhnend im Depot einfuhr, stand er als erster im Gang. Er stieg leichtfüßig die Metalltreppe hinab in milde Luft und Dieselschwaden, und im Gefühl, daß das Schicksal ihm wohlgesonnen war, drückte er die Tür der Eingangshalle auf, in der ungekämmte Schläfer zusammengesunken auf den Bänken hockten.